大地的绿衣

唐合萍 著

中国铁道出版社有限公司
CHINA RAILWAY PUBLISHING HOUSE CO., LTD.

图书在版编目（CIP）数据

大地的绿衣 / 唐合萍著．—北京：中国铁道出版社有限公司，2022.6
ISBN 978-7-113-28892-1

Ⅰ．①大…　Ⅱ．①唐…　Ⅲ．①散文集－中国－当代　Ⅳ．①I267

中国版本图书馆 CIP 数据核字（2022）第 028650 号

书　　名：大地的绿衣
作　　者：唐合萍

责任编辑：孟智纯　　**编辑部电话：**(010)63549485
封面设计：闰江文化
责任校对：安海燕
责任印制：赵星辰

出版发行：中国铁道出版社有限公司（100054，北京市西城区右安门西街 8 号）
印　　刷：北京柏力行彩印有限公司
版　　次：2022 年 6 月第 1 版　2022 年 6 月第 1 次印刷
开　　本：710 mm×1 000 mm 1/16　**印张：**11.75　**字数：**240 千
书　　号：ISBN 978-7-113-28892-1
定　　价：48.00 元

序

《大地的绿衣》是唐合萍同志书写家乡诸城植物的一本科普散文集。作者根据各种植物开花的时间顺序，采用直描、传说、神话、诗词歌赋、民间故事等人们喜闻乐见的形式，图文并茂地描写了本书涉及的三十二种植物的形状、大小、高矮、用途，特别是用于中草药时的药性、药理，并在每篇散文后面附有该种植物的相关科学知识。作者意图通过书写一朵朵花的开放、一棵棵草的荣枯、一株株树的成长，引起读者对植物了解的兴趣，提高人们保护生物多样性和生态环境的积极性。这本书的知识性、趣味性都很强，是一本难得的植物科普优秀书籍，尤其适合青少年阅读。

现在的孩子们，已经缺少我们那个年代的童年体验。我们是在大自然的环境中“野”着长大的，抓知了、掏鸟蛋、捣蜂窝、摸泥鳅……大自然就是我们的乐园。现在的孩子离自然越来越远，高楼林立的城市，坚硬的柏油马路，相似的沿途风景，隔绝了孩子们与自然的相守，阻断了他们认识动植物的通道。正如三毛所言："他们不知道什么是萤火虫，分不清树的种类，认不得虫，没碰过草地，也没有看过银河系。"美国作家理查德·洛夫曾提到一个术语——自然缺失症，即如果没有与自然的接触，没有在自然中学习、探索、体验的经历，孩子的感觉和知觉都会受到影响，容易变得孤独、焦躁、易怒，在道德、审美、情感、智力成长中有所缺失。

唐合萍的著作《大地的绿衣》以及已经出版的《远飞的翅膀》，以文学性、趣味性和科普性叙述自然界中生存的动植物，再配以精美的图片，首先极大地引发孩子们的阅读兴趣，在阅读的同时，激发孩子们对自然的热爱，从而引导孩子们从钢筋混凝土的丛林中走出来，走进自然、认识自然，热爱自然。抛开生态环境保护的意义不说，这是此书最大的社会价值所在。

作者文学功底深厚、语言表述优美，善于表达。与此同时，她还是一名生态卫士，是潍坊市野生动植物保护协会会员。透过她用爱心写就的一篇篇美文，我们可以看出她对家乡、对自然的痴情之爱。我期望广大读者，特别是青少年朋友们喜欢这本书。也期盼作者再接再厉把《远飞的翅膀》和《大地的绿衣》续写下去，谱写一曲曲人与自然和谐共生的美丽篇章！

中国野生植物保护协会 黄建华

二〇二二年元月

目录

楷树至今枯不朽，应同植者意坚云

——楷树

沿诸城南外环往东直行到瓦店村西，会看到一棵庞大的古树，苍劲粗壮的树干和遮天蔽日的树冠，犹如一把巨大的遮阳伞从天空中垂下，这就是号称“楷模之树”的楷树。

宋人孙奕在《履斋示儿编》中说："孔子冢上生楷，周公冢上生模，故后世人以为楷模。"孔子墓前的楷树，树干高大挺直，因此有"中正端庄"之意；周公墓前的模树，则春季青翠碧绿，夏日赤红如血，秋白冬黑，四季颜色纯正，有"不染世俗"之称。因两人堪称世上圣人，后人便把这两棵树合称为"楷模"，代指二圣。

楷树是北方稀有的树种。在民间，有天下只有两棵楷树的传说，其中一棵在孔子墓前，另一棵在浚县南街子贡祠的旁边。

追溯孔子墓前的楷树，要从他去世时说起。孔子去世后，他的弟子都来奔丧。出殡那天，子贡披麻戴孝悲痛欲绝，难以站立，靠两根哀杖支撑，才坚持到殡丧仪式结束。结束后，这两根哀杖被深深地插到墓前的土里，怎么也拔不出来了。

子贡为了报答老师的教导之恩，为孔子庐墓六年（为了报答父母或老师的恩情，后人在墓旁搭建小屋居住守护坟墓，称为"庐墓"）。庐墓期间，子贡发现当时支撑他的两根哀杖竟然生了根发了芽，于是精心呵护。在子贡的呵护下，小树越长越挺拔，样子既不像柳树也不像槐树，竟是他从来没见过的样子。子贡认为老师一生高风亮节、博学善教，堪为流芳千古的楷模，此树定是受孔子感化而生，因此将它命名为楷树。

子贡庐墓期满回家乡时，特意将孔子墓前的楷树带回一棵，栽在浚县家中，每天看到这棵树，就会想起老师，就像仍陪在老师身边一样。从此，这两棵楷树一棵在孔子墓前，一棵在子贡的家乡生根发芽了。

两千多年过去了，两棵楷树都长得需四五个人才能合抱过来，只是它们没有繁衍生息，仍然孑然独株。

遗憾的是，子贡家乡的楷树结局并不尽如人意。当人们听说楷树的花能治妇女病后，每到花开季节，很多人都去采摘，采不到花朵就折枝摘叶，更过分的是竟然有人剥它的树皮，结果在20世纪40年代，这棵树就枯死了，现在树干还横倒在子贡祠旧址旁边。

这个结果，子贡无论如何也想不到。唯有栽在孔子墓前的楷树，虽然树干中间有些枯朽，却依然挺拔。乾隆皇帝微服私访经过孔子墓时，听过子贡的故事，被他的孝道所感动，题诗赞美："性天不可得闻闻，庐墓心丧六载勤。楷树至今枯不朽，应同植者意坚云。"

子贡将楷树喻孔子，称其为师者的楷模。乾隆在诗中以楷树类比子贡，喻他孝道、忠贞的品格。这正应了卞之琳在《断章》诗所言："你站在桥上看风景，看风景人在楼上看你。"话虽然浅了些，道理却是相通的。

我却把这棵高大的楷树作为路标，一棵去往竹山风景区的路标，并将它称为竹山的北大门。

竹山风景区是诸城近年旅游业升起的新秀，因其山顶巅峰陡立，石棱如削酷似竹笋而得名，山中草木丰茂，林木葱郁，除去自然景色，山中人文古迹众多，有神仙台、博士帽、天书石等，再加上各种纷纭迷离的神话传说，更使竹山增添了神秘的色彩，让崇尚自然、热衷山水休闲的现代人趋之若鹜。

如此引人入胜的竹山，我怎会轻易错过？无论周末休闲还是接待远方来客，我都喜欢到竹山去走一走，看一看。我是个不折不扣的路盲，出门不走错路的时候极少，曾经有人笑我去趟外环路也得开导航，这话并不夸张，就是在市区转悠，走错道也是常有的事，被笑话次数多了，只能自嘲说我是中石化的忠粉——专门出来耗油的。

市区内尚且如此，更何况是去隔着山隔着水，单程将近五十里的竹山呢，走错路也就不稀奇了。最难忘的一次，是《当代小说》的主编刘照如老师来讲课的事。

竹山旅游公司成立之后，在发展旅游的同时，更加强文化建设。成立之初，首先成立了“竹山文院”，在王良瑛老师的推动下，又将《当代小说》创作基地设在这里。

举行成立仪式，创作基地的主要成员负责接待，分配给我的任务是提前进山做好后勤工作。当时计划非常圆满，我和王老师下午两点从市里出发，到竹山和工作人员协调好接待事务，其余人员下午四点左右到车站接刘照如老师后再直奔竹山。

下午到点后，我们准时出发，一边说着话一边向城东急行。不知是导航出了错还是我没注意，等发现不对的时候，都不知道到了哪条路上，路过的村庄，连出生在竹山附近的王老师都觉陌生。好不容易七拐八拐来到竹山时，刘照如老师和其他的接待人员早已等候我们多时了。

幸亏王老师脾气好，他开玩笑说，我们到胶南旅游了一趟。虽然如此，我仍尴尬不已。后来返城的时候，在竹山工作的张进福老师刻意跟在我车后，快到主路口时，打电话告诉我：“唐老师，你往西边看，路边有棵非常大的楷树，到了这里就得拐弯了。”

这么明显的标志，我竟然未曾留意过，也是挺“佩服”自己的。可楷树长什么样，以前还真没听说过，少不得虚心请教。后来，我就一直把这棵楷树当成路标，并且推荐给不少同道中人。

楷树因为极少繁殖，所以才有天下只有两棵楷树的传说。诸城却在两棵楷树之外另有一棵，这就有些神秘色彩了。记得我曾跟管姓文友探讨过，他说这棵楷树可是他们管家先祖留下来的。

相传在明万历年间，有只鹏鸟越过障日山，空中盘旋良久后飞落在这里不见了。当时，管姓先祖觉得蹊跷，就留了心。隔了没多久，发现在鹏鸟落下的地方竟长出一棵小小的楷树，感觉这棵小树有些来头，就移栽家中小心护理，鹏鸟飞落的地方，也小心围护起来。其先祖嘱咐，寿终之后，将鹏鸟飞落的地方作为自己的茔地，还要把这棵楷树连盆栽在坟前。此后，在后人的精心看护下，楷树破盆生长，至今已四五百年了。

文友站在山顶，指着山下的楷树说："你看，它的身姿多么挺拔，它的树冠多么华美！"确实，古人说的玉树临风也不过如此。站在山顶俯瞰，只见笔直的树干直插云霄，嫩绿色的枝叶，繁而不茂，树干粗而不朽，像一个正值壮年的后生。

几经沧桑，几世变迁，楷树见证了管姓家族耕读传家、诚实善良的家风，管姓家族也将楷树的传说和来源一直流传，并以此为荣。

听说了楷树的故事之后，我对楷树顿生崇敬之情，也由此将楷树作为路标有了新的诠释：谁的一生，不需要一个正确的领路人？这个领路人，不就是一个路标吗？

文友继续说，这么俊朗的神树，人们竟然两次三番地要将它砍掉当木材用。神奇的是，每次砍它的时候，树冠中就会出现“彩虹”，树叶会流出眼泪，树干也冒出“红浆”，就像在流血。人们看到这种现象，认为这棵树有树神护佑，如果鲁莽地将它砍掉，怕是会遭到报应，于是不敢再去砍伐，才得以至今挺拔。也因此，人们称它为“北方神树”。

这当然是人们的落后迷信思想，不过也从一个侧面体现了人们对自然的敬畏。

我在心里暗暗庆幸，为这棵“北方神树”没有遭遇浚县楷树的结局而庆幸。

相关知识：

楷树，又称黄楝树、木蓼树、鸡冠木、洋杨、烂心木、黄连茶等，漆树科落叶乔木，高可达 25 米；冬芽红色，有特殊气味，双数羽状复叶互生，顶端渐尖，花单性。雌雄异株，雄花排成密总状花序，长 5~8 厘米，雌花排成疏松的圆锥花序，长 18~22 厘米；花小，无花瓣。核果倒卵圆形，直径约 6 毫米，端具小尖头，初为黄白色，成熟时变红色、紫蓝色。

白日不到处，青春恰自来

——沿阶草

我喜欢冬天的山野，要甚于春天和夏天，只有在冬天才能真切感受到大地的苍茫和旷凉。登上山顶，听着凛冽的寒风在耳边飒飒作响，目睹深红的落日把远山映衬出一个绵延的剪影，感受到身处世间的渺小，领略“山高人为峰”的狂妄。

感受宇宙的恒大和世间的渺小，总要找寻点什么给心灵以慰藉。绿色，仿佛是治愈一切的良药，可北方的植物，随着霜雪的降临大多凋敝，即使木本植物，常绿者也为数不多。正因为如此，在冬天见到一丝少有的绿色，不禁让人心生欢喜。

连日的温暖，有种春天的错觉，忘记在哪天夜里，突然一场不期而至的大雪降临，推窗而望，大雪过处，皆玉树琼枝。惊喜的心情，仿佛赶上了一场不容错过的盛宴。

雪是每个人心中的期盼，每一场雪的到来，总会引起内心的躁动。当然，我更不例外，只是此次赏雪，没约任何人，我心目中的雪是静默的、孤独的，同时，雪又是包容万物的，过多的喧哗，会扰乱雪的宁静。

一个人急驰在去往竹山的路上，车载音乐里，播放着女儿喜欢的歌："长枪刺破云霞，放下一生牵挂，望着寒月如牙，孤身纵马生死无话，风卷残旗裂甲……"一名"是七叔呢"的歌手，将优美的歌词唱得含含混混，偶尔一句半句能听明白的歌词飘进耳朵，将此刻的心情渲染到极致。

此时的山中，行人稀少，唯有远处的风车相互守望着。车过之处，惊起雪地里觅食的麻雀，"扑拉拉"的声响，更加深了山中的静谧。

踏雪而行，木栈道上，一行孤独的脚印蜿蜒而上，是谁先我而来？是为赏雪还是为放空心灵？近前仔细看去，并非人类的脚印，不知山中的哪一个精灵先我而来？！看着雪地上整齐划一的脚印，再回头看我杂乱无章的脚印，不由心下愧然，比之山中精灵，我心中略少了一些宁静与从容。

既来之，则安之。我贪婪地呼吸着山中清冽纯净的空气，顿感荡涤心肺。竹山之上，常绿树木不多，大多以北方的落叶乔木为主，像栗子、核桃、洋槐等，落尽了树叶的大山，目之所及无比辽阔，也更显旷凉。

虽然刚刚下过雪，天气并不冷。堆积在树枝上的雪，随着温度升高，慢慢融化、滴落，在雪水的滴落中，我于苍茫的洁白里，猛然看到一株枯黄中还略带绿意的草茎，茎上顶着几枚深紫色的小果，虽然有些干瘪，但经了雪水的浸润，也显得鲜活起来，我顺着这几枚果实，扒开厚厚的雪层，看到一丛瘦弱的绿色，绿得那么沧桑，那么小心翼翼。

这是什么？我所知道的草类植物里，越冬的似乎不多。我在脑子里急剧搜索，想了半天，也没想出个所以然来，不得不求助于手机软件——识花君。

识花君告诉我，这是麦冬，属于百合科沿阶草属多年生常绿草本植物。看着识花君提供的图片，我再次脑补，其实这种像小麦的青草以前经常见到，只是在春夏之际，它被掩没在大片大片的植物之中，不引人注意罢了。我承认，若不是在万木萧瑟的冬季，压根不会注意它。

我没想到平时并不在意的野草，竟然是中草药中极具传奇色彩的麦冬。单从药理上来说，麦冬含有丰富的天然皂苷，被人体吸收后可增强人体的抗压能力，它还具有“滋阴生津、润肺止咳、清心除烦”的功效，所以它还有“不死药”的美誉。

关于麦冬，流传着一个知恩报恩的感人故事。

相传大禹治水时，在竹山脚下遇到一个在木盆中顺水漂流的小女孩，随着风浪越来越大，随时都有落水的危险，大禹“扑通”一声跳进水里将这个小女孩救了上来。

这个小女孩其实是天上的织女，因王母娘娘一时疏忽跌落到了人间。她被大禹救起来之后，王母娘娘将其带回了天宫。此事，王母娘娘一直念念不忘。

在大禹治水的过程中，世间病疫泛滥成灾，很多地方的百姓嗓子疼、咳嗽、咽干，一时间，咳嗽声充斥着大街小巷。大禹看到人们被病痛折磨得十分痛苦，心急如焚，却又无计可施。王母娘娘看到人间的惨状，想起大禹对织女的救命之恩，有心报答他，便拔下头上的一个金钗扔到凡间。

金钗落在大禹救女孩的地方，化身为一种既能充饥又能祛病的植物，生长在溪边、林下。竹山附近的百姓发现之后，争相采来煮而食之。

麦冬

大禹路过竹山时，发现这里的百姓无人感染疾病，感到很奇怪，问其原因，村里的人也不明所以。大禹经过多方观察发现这里土地贫瘠，粮食稀少，百姓经常挖一种像麦子一样的植物充饥。大禹就尝试让咳嗽的人食用，结果没几天，咳嗽全好了，人们高兴地称它为“不死神药”。因为长得像麦子，又是冬天发现的，大禹将它称为“麦冬”。而人们为感念大禹的恩情，觉得它长得又类似韭菜，称它为“禹韭”。

我感受着雪的洁白、冬的旷凉，认识麦冬又是我的一大收获。碰巧的是，下山时，恰逢山上布电缆的工人已经开始施工，路边堆着一堆因施工刚铲出来的麦冬。这些被称为“不死神药”的草，在施工者眼里，竟然弃之如敝履。草亦如人，因际遇不同，所遭受的待遇也是千差万别。

一边感叹，一边挑了几棵带着果实的麦冬，从车里找个塑料袋小心地将它们装起来。到家后，把它们栽在一个小小的棱形紫砂花盆里。这个花盆还是春天买来栽菖蒲用的。只是那棵号称“文人草”的菖蒲，在我 “精心”呵护下，早已魂归天国，此时正好有了用武之地。

栽好后，剪掉枯黄的残叶，再把绿色的叶子用湿布仔细擦干净，经过一番打理，这棵麦冬顿时有了光彩，焕发了神韵。我把它放在书桌上，远远看去，丝毫不逊色于“文人草”。看着我的“杰作”，心里不禁有些小得意，免不了在朋友圈里分享。

不多时，有位好友询问我确定是麦冬？他从图片上推断，觉得不太像，因为麦冬的叶子不仅长而且还粗，最后他还说麦冬的根是肉质块茎。

我仔细端详桌子上的这棵“麦冬”，叶子又窄又细，根则更细。我赶紧删掉朋友圈，对于自己存有疑问的事情，绝不能以讹传讹。经查阅资料多方验证，最后得出结论：这是一种类似于麦冬的“沿阶草”。它和麦冬一样，都是常见植物，只是以前很少留意，就像经常碰面却又相互没有交集的陌生人一样。

沿阶草的外形跟麦冬非常相似，只是小了一些，知名度却与麦冬有着天壤之别。麦冬是中国已知最早的中药学专著《神农本草经》记载的上品草药，同时，也是一直被人们奉为上品的养生佳品，我们所看到的枣核形的药材，就来自于它的肉质块茎。

沿阶草却很少有人注意，这是一种叶呈禾叶状的草，叶的边缘有非常细的锯齿，花葶比叶稍短或与叶等长，上有几朵至十几朵紫色小花。

在外形上，它比麦冬小了几个码，它们最大的区别在根上，麦冬的根是肉质块茎根，沿阶草的根是非常细的，因为在南方常栽于台阶两侧，因此有沿阶草之名，它还有两个很文气的名字：书带草、绣墩草。

因为沿阶草长势强健低矮，根系又非常发达，既耐阴耐寒耐涝，还能经得住高温，是常见的绿化植物。世间有些细微美好的事物，总是在你不留意的地方生根发芽，自成芬芳。一如清朝诗人袁枚《苔》诗所言：“白日不到处，青春恰自来。苔花如米小，也学牡丹开。”

看着花盆中瘦弱的身姿，虽知它不是传说中的麦冬，我仍然爱不释手，只是单凭这一抹绿色，为我的斗室增添一份生机，这个冬天也不算寂寞。

相关知识：

沿阶草，百合科草本，根纤细，茎很短，禾叶状，边缘有细锯齿，花葶较叶稍短或几乎与叶等长，总状花序长 1~7 厘米，有几朵至十几朵花；花梗长 5 ~ 8 毫米，关节位于中部，白色或稍带紫色；种子近球形或椭圆形。花期 6~8 月，果期 8~10 月。分布于中国的华东地区多地，生于海拔 600~3400 米的山坡、山谷潮湿处、沟边、灌木丛下或林下。沿阶草全株入药，味甘，可治疗伤津心烦、食欲不振、咯血等症。

麦冬，百合科沿阶草属多年生常绿草本植物，根较粗，中间或近末端常膨大成椭圆形或纺锤形的小块根，茎很短，叶基生成丛，禾叶状，苞片披针形，先端渐尖，种子球形，花期 5~8 月，果期 8~9 月。麦冬原产中国，日本、越南、印度也有分布。中国南方等地均有栽培。生于海拔 2000 米以下的山坡阴湿处、林下或溪旁。麦冬的小块根是中药，有生津解渴、润肺止咳之效。

今宵剩把银缸照，犹恐相逢在梦中

——紫花地丁

紫色是由温暖的红色和冷静的蓝色化合而成，是非常耀眼的刺激色。在中国传统文化中，紫色是尊贵的颜色，紫色也有祥瑞之气的说法，受中国文化影响，日本皇室一直对紫色倍加尊崇。

我对紫色向来不敏感，之所以关注紫色，是因为最近迷上了一种非常不起眼的小花——紫花地丁。说它不起眼，因为它是随处可见的野花；也因为它匍匐在地的生长状态，如果不是在这个万物还没有完全苏醒的早春，它的存在是很难让人注意

到的。

初识紫花地丁，不记得是哪年了。有位朋友送给我一盆不知名的小花，花盆直径七八厘米，花盆里擎着几朵紫色花朵。我瞥了一眼，这不是棵野花吗？也值这么大张旗鼓？言下之意，就这也拿来送人？朋友笑了：“虽说这是棵野花，可它来头大啊。”“什么来头？无非是故弄玄虚，蹭饭来的吧？”我打趣他。

朋友指着盆中盛开的花朵说：“你看这花的颜色——紫色！”“紫色有什么好？”我反问。“那是帝王的颜色！”朋友说。我不以为然，紫色过于忧郁，有压抑沉闷之感。只记得当初的花盆，在紫花地丁香消玉殒后，又被我几次利用，成了一堆瓦砾。

再次认识紫花地丁，是去年正月底在竹山上。

那天的风很大，天也很冷。当我爬上竹山峰顶，喘息未定时，忽然闻到空气中竟然有花香袭来。顺着花香找去，周围只有刚刚孕育出花蕊的山桃花，沉默不语的松柏，故作高深的柘树，遍地丛生却沉睡不语的黄荆，哪有什么开花的植物？

花香来自哪里呢？突然想到，贴地而生的植物，应该最先感知春天的消息……我低头找去，终于在一丛枯叶中发现一簇紫色的小花，扒开它藏身的枯枝烂叶，香气越发浓郁。仔细端详，原来是一丛紫花地丁。此时，顺着这一丛花，放眼望去，却见山坡上，竟然到处都是它们的身影，这儿一丛，那儿一簇，只是不仔细看，很容易被忽略。

这寒冷的天气里，柔弱的野花早早开放，并散发出幽幽花香，我不禁心生敬意。想起朋友送我的那盆花，是在初夏时节，见过春天的万紫千红，一棵小花又怎能博得我的青睐？！想不到对一棵花的错过，竟然是因为季节的不合时宜。

此刻，我内心暗生赞叹，在生命力面前，花的颜色还重要吗？同行的五姐也感慨，这些匍匐在地的小生命，像极了一个人，向阳而生，生命虽然卑微，也没有经历过大风大浪，却一直乐观向上地生活着。仿若人生，即使没有大的作为，也要努力活出自己想要的样子。

紫花地丁因为没有地上茎，一出土就是几片嫩而肥壮的叶子，叶子有些像柳叶，只是比柳叶略大一些。我很担心，这乍暖还寒的天气，若突然降温，这些性急的小生命会不会被冻坏了？五姐让我仔细观察，才发现每一朵早开的花，叶片都隐藏在厚厚的落叶丛中，借此保温取暖，这就是它们早开的原因吧。原来，植物自我保护意识比我们更强。

紫花地丁属堇菜科多年生草本植物，是堇菜科中最具代表性的种类，在民间又叫野堇菜、光瓣堇菜。它对生长的土壤、环境要求不高，既耐涝又耐寒，常常在湿润的山林、沟涧边形成小群落，即使在俄罗斯、日本等地也有它们的身影。

竹山脚下，流传着这样一个故事。有两个结拜为兄弟的异姓乞丐，每天都一起外出乞讨，夜里同宿山洞，天天形影不离。一天弟弟的手指上长了疔疮，红肿发亮，疼得他坐卧不宁，实在忍受不了了，兄弟俩才到镇上的“济生堂”药铺求治。掌柜见是两个乞丐，知道他们没钱，把他俩往门外一推：“想治病？先拿五两银子。”兄弟俩穷得饭都吃不饱，哪里拿得出银子，只好跪在门外磕头哀求。掌柜仍一个劲儿地赶他们走，围观的百姓打抱不平：“你招牌上明明写着‘济生堂’，为什么人家痛成这个样子你不救治济生？”掌柜没好气地说：“济生不济乞丐，滚！”哥哥气愤地说：“辞了灵山别有庙，我们就不信离开你济生堂，疔疮就没治了！”掌柜狂笑：“这方圆百里，如有人能治你的病，你当众砸了我的招牌！”

弟弟见状拉着哥哥就走：“我宁愿疼死，也不用黑心掌柜治病。”他们走投无路，忍痛来到一座山坡上，弟弟红肿的手指疼得越来越厉害，他强忍疼痛的呻吟声，扰得哥哥心烦意乱。这时，哥哥看见山坡上，有一种紫花的山花开得格外醒目，他想也没想，掐了几根放在嘴里嚼了嚼，觉得苦丝丝的，也不管有用没用，吐出来敷在了弟弟的手指上。刚敷上弟弟就高兴地说：“哥，我这手指凉丝丝的，舒服多了。”哥哥一看，敷在弟弟手指上的汁液正慢慢变黑，赶紧又采了一些，咀嚼后继续敷在弟弟手指上。

不知过了多久，弟弟睡着了。

第二天醒来，弟弟手指消肿了，也不喊疼了，第三天竟然痊愈了。兄弟俩兴冲冲地来到镇上济生堂药铺前，摸起一根铁棍就是一阵乱砸。药铺掌柜气急败坏地抓住他俩要去告官。哥哥说："你那天当着全街父老乡亲的面说过，如果有人能治好我弟弟的疔疮，就砸碎你的招牌。"弟弟晃着手示威般地说："你看，我手好了吧！"药店老板哑口无言，街上的百姓见状更是拍手称快。

从那以后，兄弟俩扔了讨饭棍，背起药篓专门采摘这些开紫花的草药为人们疗肿治毒，过上了幸福的生活。因为这种花的根坚硬笔直，像一根根钉子钉在地里，人们称它们为"紫花地丁"。

如果在山里遇到开深紫色，呈辐射对称或两侧对称的野花，无疑就是紫花地丁，如果还怕辨认错了，还可以观察花瓣和萼片，它的萼片和花瓣都是五个，只是在最下方的花瓣会延伸成一个囊状的结构，叫作"距"，这也是堇菜科植物的显著特征。

紫花地丁四季果实不断，只是春天之后，就很少看见它们开花了，

这其中有个奥秘，它们不是不开花，而是开“闭锁花”。闭锁花是利用自身条件进行自我授粉，因为即使在萧瑟的初春，如果不是因为它散发出来的香气，人们都很难留意到它的存在，更何况向来喜欢“以貌取花”的蜂蝶？所以，开闭锁花的植物，它们利用自身条件进行自我授粉。紫花地丁就是利用闭锁花的优势，一年四季不停地结出长圆形的蒴果，成熟后果子会裂开，里面有三果瓣，各瓣都有一条棱沟，是一种非常对称的有规则的图案。

看似一株小小的植物，在优胜劣汰的大自然中，若非有着非凡的生存手段，又怎会从远古时代繁衍到现在？而我，却因为对颜色的喜厌，差点与它失之交臂，幸好，在这个初春的天气里，邂逅了它，了解了它，也不失为一种意外的收获。

相关知识：

紫花地丁，别名野堇菜、光瓣堇菜等。多年生草本，属侧膜胎座目，堇菜科多年生草本，无地上茎，高4~14厘米，叶片下部呈三角状卵形或狭卵形，上部较长，呈长圆形、狭卵状披针形或长圆状卵形，花中等大小，紫色或淡紫色；蒴果长圆形，种子卵球形淡黄色。花果期在4月中下旬至9月。

金英翠萼带春寒，
黄色花中有几般

——迎春花

立春那天，一大早，朋友圈里就炸了锅，关于立春的风俗寓意和祝福把朋友圈刷爆了。

立春是一年中的第一个节气，春天，又是一个富有希望和诗意的季节。在寒冷萧索的冬季，我们每天都向往着春天的到来，漫漫长夜，凛冽的寒风中，总觉得春天那么遥不可及，盼望着，盼望着，好像在一夜之间，春天，忽然就来到了眼前。

客厅里的迎春花已悄然绽放，金黄色的花朵俏立在枝头，若有若无的香气在空气中氤氲着，因了迎春花的点缀，使得整个房间顿时生动起来。

说来惭愧，这棵迎春花还是几年前去竹山的路上，路过黑土夼村时，从一户农家里讨来的。那天下午我与摄影协会的几位影友，一起去竹山拍星轨，走到黑土夼时，发现这里新添了一处水景，看看时间还早，于是决定先在这里拍拍景，再进军竹山。

我们拍照时，发现农户门前菜地边的石堑上，垂下一排密密的迎春花，因为不在花期，并没引起我的注意，后来无意中发现石堑上的缝隙里，凸起一截迎春花的花根。

迎春花有两个观赏点，首先是它的花，因为迎春花先开花后长叶，花虽然不大，但金黄的小花一丛丛、一簇簇，开得煞是热闹，又没有绿叶掺杂其间，颇有几分夺目；再就是花根，迎春花根系发达，如果生长过程中受到损伤，使其弯曲或嶙峋，这样的根经过人工塑形、提根，做成盆景，供在桌前，独具韵味。

这棵迎春花的根恰好符合赏根的特征，它凸起的根部，中间被一块石头劈成两半，然后向下，蜿蜒而去，如果将根提起来，再将枝丫略做修剪，绝对是一盆上等盆景。

我不由得靠近它，用手比量着。

“咋了？老唐，想偷不成？咱们摄影人，可都是高素质的。”同行影友起哄道。

我悻悻然，收回了手，在心中发出“暴殄天物”的感叹，还没等我折回身，“吱呀”一声，身后农户家的门开了，随后出来一个五十来岁的农妇。

“大娘，那个嫚儿要偷你们家的花。”同伴作恶道。

我瞪了他们一眼：这些人脸皮真厚，自己也四十大几的人，埋汰我，不惜喊五十来岁的农妇为大娘。我发誓，虽然喜欢，但我真没动一点儿偷的意思。

“嗐！不就是棵花嘛，哪里算得上偷？”被称为“大娘”的农妇，知道我们跟她开玩笑，并没有农村人的拘谨，反而十分慷慨地说：“喜欢哪棵？我薅给你就是。”

影友们向着我刚才比划的石堑上努了努嘴，农妇见状，直接过去拔出来硬塞给了我。“这怎么好意思？！”我后退着，一边推让着。

“你喜欢就拿去。在这里，它的作用就是阻挡水土流失，能被你们珍爱，也是它的造化了。再说这山上，你仔细留意，有很多这种花。”

听着农妇不容拒绝的口气，我便不再虚假地推让，见我接了花，农妇继续开心地说：“你可别小看这迎春花，它们可是大有来头，据说这是舜帝的眼泪变的。”农妇见我们不明所以的样子，像打开了话匣子似的滔滔不绝地讲起来。

相传很久以前，山洪暴发，地里的庄稼淹了，房子也冲塌了，人间陷入一片混沌之中，人们只能聚集在山顶，看着洪水越来越大，却束手无策。

这时，传说中的舜帝站出来说，他要带领大家一起治理洪水。大家一看有人带头，纷纷响应。舜带领人们勘察水路时，路过竹山，遇到了一位名叫迎春的姑娘，迎春姑娘听说他带领大家治理洪水，非常热情，还给他们烧水、做饭，带领他们查找水源，时间久了，慢慢与舜互生爱慕之情。

洪水还未得到治理，舜又怎能安心与迎春长相厮守，他们不得不分离。临别时，迎春姑娘依依不舍地送了一程又一程，看着两眼含泪的姑娘，舜解下束腰的荆藤深情地说："等着我，等我治好洪水回来娶你。"迎春姑娘含着泪答应了。

一别就是几年。几年间，舜带领人们清理河道，开挖水渠，江河被疏通了，庄稼又得以茁壮成长，树木开始吐绿发芽，人们安居乐业，过上了幸福的生活。

舜的任务完成了，他终于可以回来找他心爱的姑娘了。当他跋山涉水，一路匆忙地赶到竹山时，远远看见迎春姑娘举着临别时送她的荆藤向他招手。舜兴奋地跑到跟前，却发现他的迎春姑娘成了一尊石像。

舜抱着变成了石像的迎春姑娘，久久不肯松手，泪水滴落到石像上，流到迎春姑娘举着的荆藤上，刹那间，荆藤上开出了一朵朵金黄色的小花。第二年春天，竹山上漫山遍野都开满了一丛丛、一簇簇的黄色的小花。舜以她心爱的姑娘之名为它命名——迎春。人们为了纪念舜和迎春姑娘的爱情，将迎春花赋予爱和永恒的寓意。

我一边听着传说，一边摆弄着手里的迎春花。故事讲完了，手里的迎春也被我整理出了造型，想象着栽在盆里的样子，再三向好心的农家大姐道谢。

此刻，看着案前灿然的迎春花，再次想起那个慷慨健谈的农家大姐，和竹山的迎春花，以及迎春姑娘。

后来，竹山成了我们最常去的地方。每次总有意想不到的收获。那年之后的第二年，我们再次来到竹山。彼时，冬天的冰雪刚刚融化，树木的枝头还残存着冬天的萧瑟，当我们向山顶仰望时，于不经意中，看到了星星点点却非常耀眼的黄色。

“迎春花！”是的，是迎春花踩着冬天的尾巴，迈着轻盈的步伐，把春天的消息送来了。我想在百花繁盛的尘世之中，有雍容华贵的牡丹，有傲骨铮铮的梅花，有独立秋篱的菊花，为什么独独是娇柔的迎春花，劈开冬天的寒冷，传送春天的消息呢?

这又是一个颇具传奇的故事。

很久以前，有一年的冬天特别寒冷又漫长，很多人被冻死了，侥幸活下来的人们也是瑟瑟缩缩，对生活失去了希望。百花神王看在眼里急在心里，他召集众花神商量，谁去传达春天即将到来的消息。众花神俯看着北风呼啸的人间，都摇头不语。沉默了很久，终于有个小姑娘站出来，轻轻地说：“让我去，好吗？”

百花神王看着她羞怯又跃跃欲试的样子，深为感动，郑重地点了点头，赐给她一个美丽的名字：迎春。

迎春花神冒着严寒来到人间，随之东风刮起，在天寒地冻中，绽放出灿烂的花朵。人们看到迎春枝头金黄的花朵，意识到春天马上就要到了，天气要暖和了，心中顿时充满了温暖，鼓起了战胜寒冷的信心。漫长的冬天终于过去了，和煦温暖的春天重又回到身边。

凝视着迎春花俏立的身姿，我明白它为什么是希望的象征了。

在我的家乡，迎春花是最常见的。因为它根部发达，对于生存环境不挑剔，人们常常将它栽种在田间地头，防止土壤流失。纵观迎春，既可立于书房厅堂之上作“阳春白雪”；也是点缀在田野沟壑的“下里巴人”。可谓雅俗共赏。

庚子岁末，新冠肺炎疫情还未完全消退之时，我有幸待在温暖的室内，独赏迎春花的曼妙之姿，重温迎春花的美丽传说，忽觉岁月如此静好：有入眼之花相陪，有入心之诗可读，有上品之茶可饮，所谓人生美好，莫过如此了。

相关知识：

迎春花，别名小黄花、金腰带、黄梅、清明花等，为木犀科素馨属落叶灌木。迎春花喜光，稍耐阴，略耐寒，怕涝，在华北地区可露地越冬，根部萌发力强，枝条着地部分极易生根。

千步连翘不染尘，降香懒画蛾眉春

——连翘

千步连翘不染尘，降香懒画蛾眉春。

虔心只把灵仙祝，医回游荡远志人。

这是一位年轻女子写给行医丈夫的诗，作者姓名年代已无可考据，它的特别之处在于在诗中嵌入了中药，以此巧妙地向行医丈夫表达思念和盼望归来的情愫。

我与连翘花的邂逅，是应了一场春雨的邀约。

忘记是哪个春日的深夜抑或是清晨。朦胧中，耳边传来细微的“沙沙”声，难道是下雨了？我侧耳仔细听去，可不嘛，雨声越来越密集，虽然是细微的，甚至带了点小心翼翼的，连落地时都仿佛怕惊醒了什么似的，但它却是持续的、连绵不断的。

“真好，雨来了，春天也就不远了。”我想，真正的春天应该是从第一场雨开始的。

我想象着原野上“如烟飞漠漠，似露湿凄凄”的迷蒙景象，想象着“最是一年春好处，绝胜烟柳满皇都”的盛景。无边无际的想象，皆是与春天的美好有关，不知不觉中，我在“沙沙”的雨声中又睡去了。

再次醒来，已是满窗阳光。昨夜的雨呢？我揉了揉惺忪的睡眼，向窗外望去。哪里还有一丝雨后的痕迹，阳光像长了腿似的，透过窗帘的缝隙来到室内。难道昨夜我听错了？转而想，不可能！绝对不可能听错，每一个睡眠不好的人，听觉绝对是灵敏的。

我拉开窗帘，打开窗子，顿时，一股湿润的带着凉意的风，夹杂着泥土的芳香向我袭来。没错！这是只有雨后才有的气息，向地面望去，刚刚换过的路面砖，经过雨水的浸润，洗去了冬天的苍白，显得滋润了。风细了，树上的枝条也软了，天空中一片澄澈明净。

这样美好的天气，岂可辜负？随手拍下一张湛蓝天空的照片，发到朋友圈，并附简短文字：天蓝，风细，岂可辜负？愿寻同路人，与阳光结伴，与心灵相约，来一场说走就走的旅行。

消息发出没几分钟就炸了锅，起哄的，羡慕的，当然更多是询问去哪里，跟谁一起去。跟谁同去，当然是明知故问了，因为朋友圈里已经说明，至于去哪里，真没想好，只是觉得这样的天气，不应该蜗居在斗室之中。

“去竹山吧！去竹山，不仅是一次说走就走的旅行，更是一次有效的有氧运动。”久不联系的同学在微信里私信我。

确实，被誉为“天然氧吧”的竹山，森林覆盖率达97%以上，这绝对是个不错的选择。

有了同伴，定好目标，说走就走！一路上，白云掠过车窗向身后疾速退去，太阳却一直与我们同行。

刚下车，便被眼前一片耀眼的黄色惊艳。

“迎春！”同学首先喊道。起初我也以为是迎春，但仔细看去，却有着细微的差别。野生的迎春花姿态都是匍匐在地的，眼前的迎春怎么会如此高大，虽枝条柔软，但并不下垂。

“莫非是连翘？”我近前细看。连翘和迎春一样，它们的花都是在春天开放，并且都是黄色的小花，有人称连翘为大迎春。其实连翘与迎春是有区别的，迎春的花朵六瓣，连翘是四瓣，并且花期也略晚于迎春；迎春叶呈十字形对称生长，叶片较小，卵状椭圆形，连翘的叶虽然也是卵形，但叶片较大，边缘除基部以外有整齐的粗锯齿；最主要的一点，迎春很少结果，连翘却是有果实的，并且还可以入药。

连翘初熟的果实，经过蒸熟、晒干之后，带点绿色的，称为青翘，以色青绿、无枝梗者为佳；熟透的果实称老翘，以色黄、壳厚、没有种子、

纯净者为佳。连翘的种子叫连翘心，具有清热解毒、散结消肿的功效。

抛开药用价值不说，在苍白的初春天气里，见到一丝明亮的颜色，无异于天外来客。虽然迎春花也是在这个季节开放，可它的枝条是柔软的、匍匐的，而连翘的枝条比较粗壮，不易下垂，人们在绿化带里常见到它的身影，却鲜见迎春，也是这个原因。

连翘是韩国首尔的市花，韩国人认为它具有神奇的魔法：睡觉时把它压在枕头底下，会梦见自己未来爱人的样子。

虽然我对迎春和连翘的特点知之甚详，但之前没听说过竹山有连翘啊，我一边嘟囔着一边往前走去。

“确实，以前竹山上是没有连翘的。”

“那它是怎么来到这里的？人工栽培吗？”

“人工栽培哪里值得一提，这里还有一个故事呢。”同学见我好奇，卖起了关子。“岐伯，你知道不？知道我就告诉你。”

“就是后世尊称为华夏中医始祖‘医圣’的岐伯吗？”我问。

“对，对！就是他。”同学一迭声地附和。

“他谁不知道？《素问》就是以黄帝提问他作答的形式，阐述中医理论为主的中医药书，中医传统医学之所以称为‘岐黄之术’也由此而来。”我也借机卖弄了一番。

同学见没难倒我，只得有板有眼地讲起了竹山连翘花的传说。

在河南新密有个叫大臣沟的地方，相传岐伯在这里种药、采药，和他一起的还有他的孙女连翘。有天岐伯在山上采药时，发现一种从来没有见过的草药，他采来放在嘴里尝，不幸中毒，不一会儿就神昏脑胀口吐白沫，他拼尽最后的力气大声喊他的孙女连翘。

正在家里做饭的连翘，听到爷爷的喊声，急忙往山上跑去。当她找到爷爷时，爷爷已经两眼翻白，不省人事。

连翘见爷爷中毒如此严重，急得团团乱转。惊慌下突然想起爷爷平时说过“七步之内必有解药”的话，又看到爷爷直瞪着身旁的一株植物。她想与其看着爷爷中毒而亡，倒不如大胆一试，就采了身旁那株植物的绿叶，揉碎后塞进了爷爷嘴里，连掐人中加又摇又晃，一通抢救之后，爷爷竟然慢慢睁眼了，他把嘴里的绿叶咽下肚，又过了一会儿，终于缓缓清醒过来。连翘搀扶着爷爷回到家里，经过一段时间的调养，逐渐恢复了健康。

后来岐伯多次试验，发现这种草药有清热解毒功效，效果还非常好，果皮还有强心、利尿的作用，于是就以孙女连翘为名把它收录到药典里。

“这是河南的连翘，跟竹山半毛钱关系都没有。”同学讲到这里，我打断她。

“还没讲完呢，你急什么？”同学瞪了我一眼继续说道。

每一座山，每一条河，都伴随着传说而来。竹山也不例外，并且这里的传说更丰富。

同学讲的这个故事与中药有关。据说孙思邈在收集中医药方时，十分重视民间偏方，不断积累走访，并及时记录，最终完成传世著作——《千金要方》。在走访的过程中，偶然来到岐伯居住过的大臣沟，经当地人介绍认识了连翘，孙思邈非常兴奋，当时正是采摘连翘果的季节，便向当地人讨要了一些。

再后来孙思邈到了竹山，因为天气炎热，又加上连日奔波，导致虚火上升，目赤红肿，口舌生疮，更兼尿急尿痛，折磨得他苦不堪言。借住农户家的女主人见他愁眉不展，就问他：“您精通药理，常治病救人，为什么不配一味药治治自己的病？”一语惊醒梦中人，孙思邈想起路过大臣沟时，当地人给他的连翘还揣在怀里呢，此时不用更待何时？

于是，他拿出连翘，嘱咐农妇如何煎制。农妇依方煎药，孙思邈喝下去不到半天工夫，就觉尿急，小解之后，顿觉神清

气爽，病痛去了大半。晚上如法又喝了一次，第二天早上再见他，已是眼清目明，神采奕奕。

农妇暗暗称奇，孙思邈向她讲述了连翘的来历及作用，因念及农妇提醒之恩，孙思邈将部分连翘的种子赠给她，并教她如何种植。由此，竹山不仅有了连翘，还有了一个美丽的传说。

相关知识：

连翘，落叶灌木，是木樨科连翘属植物。连翘早春先叶开花，花开香气淡艳，满枝金黄，艳丽可爱，是早春优良观花灌木，高可达 3 米，枝干丛生，小枝黄色，拱形下垂，中空。叶对生，单叶或三小叶，卵形或卵状椭圆形。花冠黄色，1~3 朵生于叶腋；果卵球形、卵状椭圆形或长椭圆形，果梗长 0.7~1.5 厘米。花期 3~4 月，果期 7~9 月。生于海拔 250~2200 米的山坡灌丛、山谷、山沟疏林、林下或草丛中。果实可以入药。产于河北、山西、陕西、山东、安徽西部、河南、湖北、四川等地。

桃花春色暖先开，明媚谁人不看来

——山桃花

世上有一种花，生得诗意，长得也诗意，仿佛专为诗而生，这种花就是山桃花。

桃花，只有开在山中的，才可以叫山桃花。只有山桃花，才有仙气，才有“桃之夭夭，灼灼其华”的惊艳，才有“人面桃花相映红”的相得益彰，才能体味“舞低杨柳楼心月，歌尽桃花扇底风”的惆怅。假若是果园里沾染了世俗的桃花，美则美矣，终归是多了一分市侩气。

山桃花与桃花是有区别的，山桃花的花单生，直径如硬币大小，桃花

的花稍微大些。山桃树高达 5~6 米，只有粉红色的；而桃树只能长到 2~4 米，颜色也有很多，比如，深红、绯红、白色等，另外还有混合颜色的花。

真正的山桃花，是与仙人传说相伴而来。传说东汉明帝时会稽郡剡县名为刘晨、阮肇的两个采药人入山采药，不幸在山中迷路，饥劳困顿之际，远远望见山顶上一株桃树，树上殷红的桃子，把树枝都要压弯了，两人不顾山路险滑，爬到树上摘桃子充饥。吃完桃子，不仅劳顿尽消，还神奇地感觉到神清目明。他们高兴地在山中溪流边洗漱，这时，上游漂来两个托盘，里边有饭有菜，他们更兴奋了，高声说："瞧！还有吃的，莫非仙人所赠？"他们吃完托盘中的饭菜，手持托盘沿水而上，果不其然，行不多远，看见两位资质绝艳的妙龄女子立在溪边，见到他俩一脸欢悦地说："欢迎刘、阮两位贵客。"

刘、阮二人并不认识她俩，听她们的口气，好像与他们相识已久。正疑虑间，二女将他们邀请进屋，一时间，只听环佩叮当，一群侍女手托银盘环伺左右，桌上早就备好酒席，二人也不客气，欣然入席。

到了晚间，二女子各侍一人就寝，如此过了半月有余的神仙日子。刘、阮忘了尘世间的烦扰，直到看到门口的桃树叶子都落了，才想起家中父老妻儿，想要跟二女告辞回家。奈何二女苦苦挽留，说他们既然已经来到这里，就是前世修来的福泽，平常人想来还来不了呢。

如此又住了半年，二人思乡情切，不顾二女挽留，执意回乡。

二女子见状，无奈地叹气道："你们尘缘未了，自是强勉不得。"说罢，召集了先前的女伴们，一起为他俩奏乐送行。

二人回到家乡，发现家中已是面目全非，亲友故旧无一人相识。他们四处打听，终于找到一位须发皆白的老人，仔细询问，才知是他们的七世孙。这位老人说，他小时候听长辈们说起过，他们的先祖入山采药一直未回，后来不知所终。

原来，二人在山中一年光阴，世间已经过了七世，时光已经到了晋太元八年（公元 383 年）。故人无迹可寻，世间再也无可留恋，刘、阮二人想返回山中，只是踏遍了山中每一处可寻之地，再也找不到昔日山中的繁华之地，温婉可人的仙妻更是杳无踪迹。

如此一段奇遇，使得两个乡间凡夫，变得不同寻常，以至于文人骚客，借着他们的身世抒自己的情怀，《醉桃源》又名《阮郎归》，即是以他们为题专门创作的词牌。

陶渊明笔下的《桃花源记》，是多少人向往的所在，也可以说是人们理想所在。我从来没想过寻什么世外桃源，只想在这纷纷扰扰的尘世，得片刻清幽，让心灵得到安宁，已是极大满足。

三月过后，紧接着两场春雨。雨过之后，天明朗起来，风柔了，水绿了，连小草儿也耐不住寂寞，纷纷从泥土中钻出来。连日案牍的劳累，身心早已倦怠，望着窗外渐染新绿的草坪，我按捺不住渴望放飞的心，内心一直响着一个声音：到山中去，到山中去。终于，禁不住内心的渴望，在一个晴天的午后，驱车向山中赶去。

只有在山中，呼吸着大自然中清新的空气，看着满山的青翠，才能让身心彻底放松下来。

竹山是植物的王国，高大的栗树，粗壮的核桃，一丛丛一簇簇的山枣、荆芥，缠绕在槐树、栗树上的南蛇藤、喇叭花等，都是这个王国的成员，只是此时还未完全从沉睡中醒来，穿过丛林的山风，略有些薄凉。

新修的环山公路开阔平坦，却没了山路的况味，幸好路边摇曳的连翘残留着未败的花，依然黄得灿烂、黄得热烈，一片片嫩绿的叶子夹杂在金灿灿的黄色之中，犹如情窦初开的少年。

听着山风吹过松林的声音，顺着生态谷的山路蜿蜒西行，山谷里传来山鸡“唧唧咕咕”的叫声，明亮的阳光下，一株山桃花隐藏在半山坡上，在星罗棋布的枝丛中，格外耀眼。“桃花浅深处，似匀深浅妆”，说的就是此时的山桃花吧？

桃花开在农历的三月，所以三月又称桃月。此时尚在农历二月初，这里的山桃花难道就如此耐不住寂寞？掐指算来，此时虽未到三月，但清明节即将来临，想必因了去年闰月，迷乱了今年的季节。

如果把摇曳在路边的连翘，比喻为情窦初开的少年，隐藏在林木之中的山桃花，则是邻家初长成的少女。在春风掠过的地方，静静地伫立，略带娇羞又恣意舒展，不惊不扰中，散发出迷人的光芒。

桃花花语为爱情的俘虏，桃花自古以来是爱情的象征，是巧合还是真的如此，世间所有与爱情有关的佳话都与桃花有关。

唐朝书生崔护，清明时节踏青，在桃林内偶遇一妙龄少女，留下“去年今日此门中，人面桃花相映红，人面不知何处去，桃花依旧笑春风”的诗句，也由此留下了一段千古佳话。

桃花的花神相传是春秋时期楚国的息侯夫人。在政变中，王宫被楚文王攻破，息侯仓皇外逃。楚文王贪恋息夫人的美色，意欲强娶，息夫人不肯，趁机逃出去找息侯，岂知息侯早已自杀，息夫人随即在此处殉情。一年后，生出了两棵树，树上的花瓣丰腴，色彩艳丽，桃花落了，树上结满了又红又大的桃子，像是两颗紧紧重叠在一起的心，桃子里边有一层坚硬的桃核，打开桃核，又是一颗心形的桃仁。

楚人认为此树是息侯夫妇所化，人们将坚硬的果核壳，理解为是息侯护卫着他在尘世无法保护的夫人。人们感念息侯夫人对爱情的坚贞，立祠祭拜，称她为桃花花神。

从此以后，人们以桃花象征爱情，用坚硬的桃木做桃符辟邪。

后人将桃花与美人相提并论，除了赋予它应有的寓意之外，这种蔷薇科的植物，也确有美容养颜的功效，《千金要方》载：“桃花三株，空腹饮用，细腰身。”在当今人人喊减肥的年代，古人早知减肥良方，只是那时不说减肥，而称“细腰身”。最早的药学专著《神农本草经》里谈到，桃花具有“令人好颜色”的功效。《名医别录》载：“桃化味苦、平、主除水气、利大小便，下三虫。”由此可见古人很早就认识到桃花的价值。

我喜欢桃花，无关爱情，无关风月，更无关美容瘦身，只是单纯地喜欢它的明媚与艳丽。“桃花春色暖先开，明媚谁人不看来。可惜狂风吹落后，殷红片片点莓苔。”我轻声吟诵着。此时山风吹来，片片花朵随风飘落，我突然明白了《红楼梦》中，黛玉缘何喜散不喜聚的心情了。

相关知识：

山桃花，双子叶植物，可供观赏，果实可食，它的种子、根、茎、皮、叶、花以及桃树胶均可药用。三四月份开花，花单生，无花梗，花先于叶开放，山桃的花萼无毛。山桃花分白山桃、红山桃、陕甘山桃等，分布在我国的中部和北部。

蔽芾甘棠，众生所望

——棠梨

初春的竹山，已有零星的野花开放，连日的雨雾，使空气更觉清凉和湿润。山中天气向来如此，即使连日晴空万里，清早的空气也是湿润的、柔软的。冲着山谷深呼吸，恨不得将整座山都吸进心里肺里，几番吐纳之后，整个身心都清爽起来。

山的更深更远处，喊山人一起一伏的“啊……啊……”声，连绵不绝，像极了竹山山脉，无穷无尽。在这连绵的山脉之中，散落着一种素洁淡雅的花树——棠梨。

棠梨树又叫野梨、豆梨、甘棠，是一种高大的落叶乔木，据说最高的有十米多高，而我见过的竹山棠梨树

都不是很高大，最高的不过三四米的样子。

听黑土夼村的老人说，竹山脚下原来是有一棵非常高大的棠梨树，最少也有十几米高，树干需要几个人才能合抱过来。

老人们说，这样的大树，很有些灵气。即使在漆黑的夜里，棠梨树下总有光亮，只是这光并不明显，就像黄昏时的天空，模模糊糊能略微看得清人影。到了夏天，村里的人们都在这棵树下乘凉，无论天气多热，树下总是凉风习习，从来没有老人或孩子被热着或着凉，反而村里人有个头疼发热咳嗽的，摘几个树叶或挖点树根熬点水喝，过几天就好了。

可惜的是，有年村里来了几个南方人。都说北方人会看天气，南方人会踩地理。意思是北方人会辨别天气，知道什么样的云彩下雨，什么样的天气适合出门，类似于“朝霞不出门，晚霞行千里”一类的谚语也在北方流传，南方人不懂这些，但他们会踩地理，就是依据地理地貌看风水。

据说这几个南方人还没走到竹山，就被一种强大的磁场吸引，抬头望见山中云雾缭绕，山顶被一股祥瑞之气笼罩，但是他们不知祥瑞之气

具体位置，于是就翻山越岭不眠不休地四处寻找。终于在竹山山巅，发现山下传来看似微弱却又强大的光芒。他们明白在山顶看到的祥瑞之气，就来源于光芒的发射处——棠梨树，抑制不住内心的兴奋，继续顺光前行。

棠梨树可能感觉到了危险，在这群南方人即将到树前时，发射出强烈的光束，直刺得他们睁不开眼。可他们并未停止，依然迎着光来到树下，开始他们想把这棵树挖走，可它太高大了，即使挖出来也根本没办法带走。这些可恶的人气急败坏地想，既然他们带不走，就谁也别想得到它的庇护，干脆毁掉它。于是，他们拿出随身携带的利斧，一斧斧砍向无辜的棠梨树。

随着斧头的砍落，刚刚还晴朗的天空，突然电闪伴着雷鸣，山风裹挟着巨石向他们砸来，还有一个火雷径直劈向挥斧人，只听“咔嚓”一声，那人应声倒下，棠梨树也被劈成了两半。

等到第二天人们醒来时，只见被劈成两半的棠梨树干上，汩汩地流淌着浅红色的汁液，人们说那是棠梨的血液。几个有经验的老人，找来黄土，和成稀泥抹在树干上，天天守护在棠梨树旁，给它浇水、松土，希望能救活它，但是几天之后，棠梨树还是枯死了。

后来在竹山山谷，陆续长出许多小棠梨树，人们传言这是棠梨树神感念人们对它的守护之恩，化身为小树报答村民的恩情。只是这些散落在山间的棠梨树，不知要经过多少年才能长成原来的模样。

棠梨树生长缓慢木质坚硬，是冷兵器时代宠儿；又因木质细腻无华，横竖纹理差别不大，适于雕刻，因此旧时常用来雕刻木板和图章，曾有山西商人用棠梨木微雕刻的商号雕版，方寸之内人物、舟车、山川、屋宇极尽精致，并有数百蝇头小字刻于其上，令人叹为观止。

我总觉得棠梨树是不属于尘世间的，它的花如此洁白，白得超凡脱俗，朵朵繁花在微风里摇曳着，既有女性的柔媚又不失清雅和刚强。在《诗经》中，这样描写棠梨：

蔽芾甘棠，勿翦勿伐，召伯所茇。
蔽芾甘棠，勿翦勿败，召伯所憩。
蔽芾甘棠，勿翦勿拜，召伯所说。

可以遮风蔽雨的甘棠树，请人们不要伤害它，召伯曾经在这里居住过。高大茂盛的棠梨树啊，请人们仔细养护它，召伯曾在这里休息过。枝叶茂盛的棠梨树啊，请人们一定细心爱护它，这是召伯喜欢的树。

这是人们借棠梨树感念召伯的一首诗歌。召伯是周文王的庶子，辅佐其兄消灭了商纣，建立了周朝，后来又辅佐成王姬诵和康王姬钊，创建了“四十年刑措不用”的“成康盛世”，为周朝的繁荣强盛打下了坚实基础。他在世时，因为治理得当，使得家国强盛，人民和睦。他去世后，人们因为怀念他，连他种的树都倍加珍惜，后来作了这首诗纪念他。全诗物象简明，寓意深远，真挚恳切，体现了人民对召公的赞美和怀念。

这种回环往复的歌体，是《诗经》最常见的表现手法。诗歌以最质朴的语言，用棠梨洁白的花和坚硬的木歌颂召伯的功绩。

棠梨并没有因为人们对它仰望而孤高自傲，目下无尘，任风侵雨蚀，仍然不疾不徐地生长着。它内心深处是寂寞的吧，要不缘何在尚显寒冷的初春早早开放。

在这片灰褐色的树木中，绽放的棠梨花美得不可方物，每个伞状花序上都有八到十朵花，每朵花由五片花瓣组成，花瓣的顶端是尖尖的，而不是椭圆形的，无形中使它在柔弱中又带了一丝刚强，像一个极具风骨的文人。花朵中间点缀着米粒大小的花蕊，花朵下边嫩绿色的花茎，

这白，这红，这嫩绿，在初春的季节里，如此娇媚夺人眼球。

去竹山之前，我没有奢望能遇到棠梨花，它开得太早了，花期又短，印象中我几乎从没见过它的花朵，每次见到的都是青涩的黄豆般大小的果子，因为果实小得像豆粒，所以又称为豆梨。

当时我是从竹山集装箱处出发徒步到山顶的。不知什么原因，我对集装箱这个名字一点儿都不喜欢，若是有个好听或者诗意一些的名字，我会更喜欢。如果说生态谷太过笼统，竹山那么大，生态谷包含的范围那么广，谁知道我是从哪里找到棠梨树的呢？集装箱也罢，生态谷也好，反正我就是从这里徒步到山顶的，攀过一级又一级长长的台阶，快到天书石时，在拐角处，我被一阵耀眼的白吸引。

只一眼，我断定它就是棠梨花！因为它出尘的美丽，早已印在我脑海中。棠梨于我而言，还是儿时美好的记忆。爬山渴了累了，山上的野果就是我们的能量站。虽然棠梨果是酸涩的，每次见到它，明知口感不好，却总要摘几个尝尝。咬一口，酸液泉涌，满口生涩，最大的特点是止渴，无论多渴只要吃几个棠梨，马上舌底生津。上学后，老师讲到《望梅止渴》，我就想到了小时候吃棠梨的情景，那可真是满口唾液横流。

棠梨花将落的时候，会长出卵形或者长卵形的叶片，叶片边缘呈钝锯齿形状，紧随着落花，果实也慢慢地长出来。棠梨花的果实接近球形，熬过一个长长的夏季，等到丰收的季节来临，才会成熟，成熟后的棠梨是褐色的，上边带有小小的斑点。喜欢在向阳的地方生长，绝不会因为土地富庶或贫瘠而有所懈怠。

此时，正午的阳光已经有了些暖意，鸟儿的鸣叫也因了阳光的温暖柔媚了许多，脚下的落叶，在冬日暖阳的照射下，散发出泥土般的芬芳，我深深呼吸着。这种亲切踏实的感觉，有多久没有体会到了？生长在农村的孩子，总是对土地怀有莫名的亲切。

我仰望着因众生仰望而被赋予诸多内涵的棠梨树，从它身上我感受到世间的蓬勃生机，和平凡岁月里的风骨与尊严。

相关知识：

棠梨树，别名野梨、鹿梨、铁梨树。叶、枝、根、果实可以入药。株高可达 12 米。叶片卵形或长卵形，也有椭圆形，先端渐尖或骤尖，基部圆形，稀宽楔形，边缘有钝锯齿。伞形总状花序，花瓣白色。果实近球形，褐色，有斑点。花期 3~4 月，果期 8~9 月。喜高温及多湿环境，喜光、不耐阴，耐热、不耐寒，耐瘠。

林蕉间展琉璃叶，野蔓竞发金银花

——金银花

对一座山，不管怎样熟悉，总有你走不到、看不到、想象不到的地方，竹山就是如此。竹山的药王谷，就是我以前一直没走到、没看到，也想象不到的地方。

听说竹山有药王谷时，我着实吃了一惊，因为与竹山结缘，说长不长，说短也不短，但从来没听说过还有个药王谷，因此，我听说之后，恨不得立即飞过去，只是机缘不巧合，一直未能成行。

第一次踏进药王谷，是因市电视台要拍一组生态文化的节目，作为受邀嘉宾，我和诸城作协的文友们跟随电视台的工作人员一起走进竹山。

当时是在槐花将落未落的初夏时节，天气还不是很热，山谷里吹来的风，仍带着一丝清凉。阳光下，野草的清香和泥土的芬芳混杂在一起，富有生命力的浓郁气息，扑面而来，使嗅觉在这一刻失灵，分辨不出哪是花香草香哪是泥土的香。

蔓延在狭窄山路上的青草，带着未干的露珠，打湿了裤脚、鞋子，我们无暇顾及，只想深入药王谷腹地，探寻那些虽耳熟能详却未曾识见过真实面目的世外仙姝。

因对文学的热爱和对大自然的向往，文友们一路上的话题离不开文学与自然，药王谷则是这次探寻的重点之一。

竹山因其植被茂密、野生资源丰富而备受青睐，近几年在旅游方面做足了文章，更是名声大噪。药王谷则是这喧嚣世界中的一处清幽之处，它位于竹山山脉东北侧，前临黑石夼村，延绵700多米，纵深280多米。

药王谷，顾名思义，这里生长的野生中草药品种繁多密集、药效好。金银花在这里是最多的。金银花的使用出现在东汉末期，南北朝时最为流行，因它越冬不死，又有忍冬花之称。

我们来的时候，正是采摘金银花的季节。在漫山遍野的青葱之间，或黄或白的花朵毫无章法地蔓延其间，一朵朵盛开的花，似一个个长长的小喇叭，细长的花蕊打着弯探出头，远看仿似翩翩起舞的蝴蝶在山风中摇曳，幽雅而清淡的香气，在清新的空气里弥漫。

此次同行的还有宋兆梅、隋源、程芳和我的姐姐唐含玉等文友。善于接受大自然馈赠的宋姐，早已打开带来的塑料袋开始采摘，我们也跟她一起挑选着还没开放的花苞。

金银花是一味非常有名气的中草药，性寒，味甘，有清热解毒、润肺止火的功效，药效则以未开的花苞最好，金银花因为初开时的花朵是白色的，开放一两天之后变成黄色，因此在名字里同时有了金和银两种颜色，金银花还有金银藤、银藤、二色花藤等名称，又因为一个花蒂上两条花蕊，犹如雄雌相伴，所以还有鸳鸯藤之称。

此时，在五月的天空下，盛开的金银花间杂在草木之间，褐红色的花蒂托着初开的花朵，白的似雪，黄的胜玉。

微风中送来清脆鸟鸣，在鸟鸣声中，夹杂着欢快的笑声，开始我们以为听力出现了幻觉，及至宋姐指着山顶上、山坳里，星星点点或白或黄或红的身影，说那该不会是采茶女吧？我笑着纠正，如果是，也应该是采花女吧？

宋姐对于劳作中的女人，向来喜欢用“娘”字，在她的作品中，不止一次见过“茶娘”“厨娘”等字眼，一个“娘”字，将东方女人的内涵、韵味和厚重全部囊括。我更喜欢用“女”字，觉得“女”字清爽纯洁，我希望世间每个女人，都有未谙世事的清纯和质朴。宋姐这次破天荒没用“娘”字，是这里灵秀的山水，使她忘记了世间的沉重，还是这些轻灵的笑声感染了她？

想了解药王谷的故事，自然离不开这里的人。我们招手唤来这些年轻的女孩子，她们一路欢笑着来到身边。鲜艳的衣服，映衬着年轻娇俏的脸庞，分明就是金银花幻化而成的仙子。

隋源惊讶于她们篮子里的金银花，何以如此整齐，虽然未经捆绑，却感觉一束束、一拃拃有序地排列着，即使散开的花苞也是规整匀纤地躺在篮子里。再看我们采的，杂乱无章不说，连花带叶还有的带着梗。

小姑娘见我们采的花笑了。她告诉我们，采摘的时候，要不急不躁，静下心来，一朵挨着一朵地采，像我们这样满山扑蚂蚱似的，这里一朵，那里一朵，肯定既没数量也没质量。含玉作恍然大悟状：“原来采花也有技巧，要做到像修行一样心如止水。”

小姑娘笑了，说：“你们文人说的话，都带着禅机。”小姑娘汪着两眼清泉似的眼睛，笑成了月牙状，白皙的脸庞现出淡淡的红晕。她指着我们的塑料袋说，采下来的金银花不能放在塑料袋里，这样容易“捂”了，影响质量。她见我们一脸认真地听讲，索性把采摘金银花的秘诀一并告诉我们。

金银花采摘的最佳时间，在清晨或上午，此时花蕾还没全开，不仅养分足、气味浓，颜色也正。下午采摘应该在太阳落山以前结束，因为金银花开放受光照制约，太阳落山后成熟的花蕾会开放，开放的金银花，药效会差很多，过小的花蕾也是没有药效的，采后要放在透气的篮子里，千万不能“捂”了，采下来的花蕾要尽快摊开晾晒或通风阴干，一到两天内晒干最好，时间长了，晒出来的金银花颜色就不清亮了。

“清亮？”程芳老师接着女孩的话茬问：“就像你眼睛一样吗？”女孩又笑了，这是一个爱笑的腼腆女孩。

在漫山遍野的树木、野草之间，金银花开得肆意而热烈。“这里的金银花是人工栽培还是野生的？”我们问她。

“既有野生的也有栽培的，不过即使栽培也没管理，栽上后就任其

自然生长，生态环境跟野生的完全一样，药效当然也完全一样。”

“这么说，栽上以后就不管了，只等着来摘花就行了。”宋姐问道。

“不管理就是最好的管理。”小姑娘回答道。

“原来懒，可以懒得这么理直气壮。”程芳听完介绍说。

凭直觉，我觉得药王谷肯定是有故事的。当我把这个疑问提出来的时候，一位刘姓女孩子告诉我，她说药王谷的名字来源于药王孙思邈。

相传有年夏天，孙思邈采集药材路过黑土夼村时，村里正瘟疫横行，整个村子都笼罩在瘟疫的阴影之中。孙思邈见状，顾不上天气炎热四处寻找可以治疗瘟疫的药材，可他踏遍了整个竹山，也没发现可用之材。奔波多日，他感觉头重脚轻，还出现了幻觉，他估计自己也被感染了，想赶紧回村，却浑身无力。

就在他几近绝望之际，误闯进一片山谷，山谷里散发出一股奇异的清香，让他浑身顿时感觉轻快了许多，头脑也清醒许多。依靠灵敏的嗅觉，几经辨认，最后认定就是这种一蒂两花的植物起了作用。

“真是踏破铁鞋无觅处！”药王压抑着内心的狂喜，双手并用，迫不及待地采摘起来。忙碌中不知天色已晚，等他发现时，天色已经全黑了，找不到出山的路了，四处隐约传来狼嚎声，正当他着急之际，忽然听到远处传来呼唤声，还有若隐若现的火把奔着山谷逶迤而来。

是村里的人来寻找他了！孙思邈心头一热，心里顿时踏实了。

回村之后，人们连夜用孙思邈采来的草药熬汤，喝过之后不多时，都奇迹般恢复了健康，瘟疫彻底被根除了。为了感恩孙思邈，村里人就把这个山谷叫作药王谷。孙思邈为了答谢当地人对他的相助之恩，把从其他地方采集的药材，悉数拿出来，教村民在这里种植。因此，这里才有了蛇倒退、黄精、丹参、杜仲、黄芪等中药材聚集式地生长。

在这个槐花似落未落的季节，呼吸着空气中微微的药香和槐花的清甜，听着神秘久远的故事，一颗喧嚣的心逐渐沉静。

年轻的小姑娘们，如雪的颜面，在五月的阳光里，在金银花香弥漫的地方，散发出圣洁的光芒。

相关知识：

金银花，又名忍冬，属多年生半常绿缠绕及匍匐茎的灌木。小枝细长，中空，藤为褐色至赤褐色。卵形叶子对生，枝叶均密生柔毛和腺毛。夏季开花，苞片叶状，唇形花有淡香，外面有柔毛和腺毛，雄蕊和花柱均伸出花冠，花成对生于叶腋，花色初为白色，渐变为黄色，黄白相映，球形浆果，熟时黑色。金银花自古被誉为清热解毒的良药，性甘、味寒，气味芳香，甘寒清热而不伤胃，既能宣散风热，还善清解血毒，用于各种热性病，如身热、发疹、发斑、热毒疮痈、咽喉肿痛等症，均效果显著。

而今听雨僧庐下，鬓已星星也

——点地梅

自然界中的万物，各有不同的形态，有高耸入云的大树，有低矮丛生的灌木，有缠绕而生的藤蔓，当然也有匍匐在地的花草，每一种植物都有不同的使命，用我们知道或不知道的方式讲述着。

发这么多感慨，缘于去年春天与点地梅的相识相知。

越过竹山木屋西边的山路，有一片豁然开朗的荒地，在还未到荒地之前，远远地看到地面上星星点点的白色，及至转过弯，眼前忽然出现了大片大片的点地梅。它们一丛丛一簇簇，既不连贯但也不稀疏，看似各自为营，相互间却又有着千丝万缕的关联。

我弯腰仔细看去，这些矮小的植物，叶片紧紧贴在地面上，这片紧挨着那片，那片又连着这片，挤挤挨挨，唯有布满绒毛的花茎直立着，看似纤弱的花茎上擎着或三个或五个的花序，每个花序的花朵都是由五片椭圆形的花瓣组成，每朵花都那么精致，精致得没有一点瑕疵。

我突然明白为什么将这种贴地而生的草本植物以梅命名了。虽然它不似梅花凌霜傲雪之态，但这种完美到极致的花朵，它的美丽丝毫不亚

于梅花，花朵虽小，却与梅花的形态非常相像，并且以它羸弱的身躯，开放在寒气仍未褪尽的早春时节，在气节上也不逊于梅花。

虽然小时候也经常见到它，但从来没有这样壮观，这样肆意盎然，这样令人心动。那一刻，蒋捷的《虞美人》涌入脑海：

少年听雨歌楼上，红烛昏罗帐。壮年听雨客舟中，江阔云低、断雁叫西风。而今听雨僧庐下，鬓已星星也。悲欢离合总无情，一任阶前、点滴到天明。

在茂密的绿色中，点地梅的孤傲与清冷，像极了洞穿一切的世外高人。我不知道蒋捷这阕《虞美人》，写中了多少人的心事，我最初读到的时正值年少，却被一句“而今听雨僧庐下，鬓已星星也”触动到潸然泪下。

那时，虽然体会不到蒋捷描述的心境，但每每想到一位鬓发斑白的老者，孤单地在茅庐听雨的情景，内心油然而生的孤苦和无助，除了凄凉，还有欲说还休的无奈。

点地梅又称喉咙草、白花珍珠草、天星草等，叫白花珍珠草和天星草都很好理解，只是喉咙草有些费解，这个名字使我想起我的母亲。小时候，每年的早春时节，跟母亲去田里，回家时母亲总会顺手薅几棵点地梅，回家后扑打扑打泥土，随手放在影壁墙的墙头上，日后家里不管谁嗓子疼、扁桃体发炎，拿来煮水喝，喝上三两回，准好。后来成了我们家的必备秘方，偶有邻居着急上火的，也来找母亲求这味药。再后来，母亲告诉村里的人，这种叫点地梅的花，还叫喉咙草，有清热解毒的功效，特别适用于扁桃体炎、咽喉炎、风火赤眼，以及咽喉肿痛等病症。此后，家家户户影壁墙上都或多或少地晾晒着几把点地梅，以备日后消炎止痛。

我小时候顽劣，不管什么天气，从来没有闲着的时候，要么上山，要么下河。

我家乡的山和水都极负盛名。我最喜欢去的是庙山，且不说每年农历三月初三人山人海的香火会，也不说“莲广若屋”的朝阳洞，仅凭清朝重臣刘统勋一句“八宝莲花山，九顶朝阳洞”，就使人浮想联翩。

造访庙山，春夏秋冬每个季节，我都不放过。春天是最容易上火的，用母亲的话说，整天胡窜窜，能不窜出火来？母亲虽然有妙方，可也有不方便的时候，有时候在山里大半天，连口水都顾不上喝，嗓子眼里就跟起了火似的。母亲告诉我，如果觉得嗓子不舒服了，顺手采把点地梅放进嘴里嚼一嚼，将汁液咽下去就好了。后来我试过多次，还真灵验，只是味道极苦。

无论是点地梅还是其他草药，基本都需要煎服。中药里的煎，是熬的意思。急火出菜，文火出药。不大不小的火，不疾不徐地在药锅底下缭绕，缭绕成烟雾，又散成星星点点的烟花，熬着熬着，草药的精华便一丝一丝地倾吐出来，“煎”相比较“熬”字，则显得浮浅了。

无论是熬还是煎，都在理，可从来没有见哪本药书上说可以生嚼，唯独母亲敢于尝试，后来村里很多人效仿，也都灵验。

还记得小时候有年春节做新衣服，姐妹几个都做了，轮到我的时候，母亲说布料不够了，已是除夕下午，商店都关门了，布料肯定买不到了。

一听这话我直接张嘴就哭，过年哪能没有新衣服穿？母亲不紧不慢地说，咱小六哪能没新衣服？咱们不仅有，还要比她们的更漂亮。我半信半疑地期待着，母亲像跟我保证似的又重复了一遍，你踏踏实实睡大觉，保准明天一早起来就能看见新衣服。

我忐忑不安地睡了觉，梦里朦朦胧胧地几次看见母亲戴着老花镜，借着煤油灯微弱的光，长一针短一针地忙着。早上起床的时候，我枕头旁边整整齐齐地放着那件别具一格的新衣服。很明显，那是用姐姐们做衣服剩的下脚料拼接起来的。虽然当时显得很另类，但拼接起来的衣服也是新衣服，总算有新衣服穿了。现在想起来，母亲拼接的衣服，早已让我走在时尚的前沿。

点地梅是蝇类传粉植物，蝇类更喜欢黄绿色，对红色和白色并不敏感，于是点地梅机智地将花蕊保留为黄色，吸引蝇、蜂类的注意来达到授粉目的。我想这也是很多植物的花蕊都是黄色的原因吧？授粉之后的点地梅，花期过后，结出近球形的蒴果，成熟后裂开，有白色的膜质，种子非常小，多数是棕褐色、长圆状多面体形，种皮有网状纹路。

点地梅的繁殖和生存能力都特别强，喜欢湿润、温暖、向阳的环境和肥沃的土壤，因此，经常会在山野草地或路旁看到它的身影。也有的在高山、草原，只要有点土壤它就能生根发芽，即使在冰天雪地中也能生存，可见生命力的顽强。点地梅因为花形漂亮又极易栽培，成为园林绿化的首选。

点地梅的花语代表爱情，只是它没有玫瑰那样娇嫩，也不像红豆那样热烈，它所代表的爱情是沉默，是至死不渝。

朴素的点地梅，不仅美化着我们的环境，还为我们的健康贡献它的力量。除此之外，它还有一项很重要的功能——提高动物的繁殖能力。在很多地区，将点地梅列入兽药行列，因为它能增强动物心脏血液循环和跳动，提高动物的兴奋度，以此增强动物的繁衍能力。

相关知识：

点地梅，报春花科一年生或二年生草本植物，全株被细柔毛，须根纤细。基生叶丛生，柄长 1~2 厘米；叶近圆形或卵圆形，径 3~15 毫米，基部微凹或呈不明显截形，先端钝圆，边缘有多数三角状钝牙齿，叶质稍厚。喜欢湿润、温暖、向阳的环境和肥沃土壤，常生于山野草地或路旁。

休懊悔，且开怀，
十万军中挂印来

——二月兰

二月兰，又称诸葛菜。

相传，三国时期，刘备三顾茅庐，请才华横溢的诸葛亮出山辅佐他共谋大业。刘备让诸葛亮坐帅军师中郎将，监管军粮和收取税赋。兵家向来有“兵马未动，粮草先行”之说，可见刘备对诸葛亮的器重。

刘备储备了大量兵马，对粮草的需求特别大，老百姓都吃不饱穿不暖，再加上繁重的军需赋税，一时间怨声载道，诸葛亮为此愁得彻夜不眠。

一天，诸葛亮烦闷无计，出营散心。当他走到一处背阴的山坡时，看见田里绿油油一片。此时刚出正月，庄稼还没返青，他纳闷，在并不向阳的地方，是什么作物不畏严寒，长势如此郁郁葱葱呢？不知可否作为食物充饥？

诸葛亮随即向当地百姓请教。有位老农非常热情地说这是“蔓菁”，是本地 “宝菜”，不仅生长周期短，嫩叶和茎可以掐来吃，吃不完的可以制成腌菜，青黄不接时，仍是饭桌上的一道当家菜，老得实在嚼不动了，还可以作为饲料喂牛喂马呢。

诸葛亮听了以后，大喜过望。又向老农仔细询问了“蔓菁”的种植方法和产量。回到军营后他立即下令让士兵开荒种菜，就这样，诸葛亮和他的军队依靠“蔓青”度过了那段青黄不接的日子。后来经过诸葛亮大力推广，百姓才普遍种植，人们亲切地称它为“诸葛菜”。

诸葛菜在农历二月前后开花，花是蓝紫色的，因此又称“二月蓝”，更多的人喜欢称它为“二月兰”。蓝，代表颜色；兰，因与花中四君子中的兰花搭上了关系，顿觉身价倍增。

一株看似柔弱的小小植物，立下了如此赫赫大功，由此我记起南宋名将刘锜曾写过一阕吟牵牛花的《鹧鸪天》，我觉得拿来比喻二月兰，更为贴切。

鹧鸪天·牵牛花

竹引牵牛花满街，疏篱茅舍月光筛。琉璃盏内茅柴酒，白玉盘中簇豆梅。休懊恼，且开怀。平生赢得笑颜开。三千里地无知己，十万军中挂印来。

我想刘锜写这阕词时，如果认识二月兰，并知晓它立下的赫赫功劳，就不会借用牵牛花抒发缺少知音却仍然旷达的胸怀，在我心里，唯有低调奢华的二月兰才当此殊荣。

在这之前我并没有见过这种亦花亦菜的植物，及至去年新冠疫情期间，在文友隋源老师的园子里第一次见到它。

在昌城孙村，隋老师有一处小小的银杏园，文友们经常在此小聚，后来作家协会干脆在这里成立了“作家小院”。这次因为恐龙研究中心闫老师编著的《复活的恐龙世界》需要校对，因疫情期间公众场合不能聚集，就把校对地点选在了这里。

园里除了银杏，还有海棠、玉兰等观赏类落叶乔木。既为了最大限度地合理利用土地，也为了让久居闹市的文友们重温田园之乐，在这些阔大的落叶乔木之间，间杂着种了许多时令蔬菜。

此时正值正月末，气温还没有回升，入眼之处，一片萧条。按节气蔬菜还不到栽种的季节，可我们一入园子，便被一片耀眼的绿色吸引。

我问隋老师这是什么菜，居然不怕冻。隋老师卖着关子说：“这不仅是菜，还是花，一种非常漂亮的花。过一个月你们再来，它就开了，到时候再告诉你。”

闫老师没给隋源继续卖关子的机会，说这是二月兰。去年入冬撒下的种子，今年一开春就发芽了，到现在已经吃过三四次。当时二月兰还未曾开花，只是一片丰盈的绿色。

二月兰做菜既可以凉拌，也可以热炒，还可以调馅。凉拌时把采集的嫩叶用清水浸泡十五分钟左右，洗净放入开水焯一下，捞出过冷水切成段状，加入盐、醋和香油等调味料调匀即可食用；用二月兰做馅时，仍然先用开水焯一下，去掉水分和羊肉或牛肉一起剁碎，加入调料制成馅，包饺子、包子也是相当美味；直接炒食的话，将采摘来的二月兰切成小段，加油爆锅，入锅翻炒至变色再加蒜末，是道极好的可口小菜。

初识二月兰，就享用了它的美味，随后对它的花期仍是念念不忘。所幸三周之后，隋老师再次邀请我们，说二月兰开花了。我们按捺不住激动，不及寒暄客套，立即驱车前往。

盛开的二月兰，无论我如何描述，怎敌得过季羡林大师的笔，他在《二月兰》中写道：“二月兰是一种常见的野花。花朵不大，紫白相间。花形和颜色没有什么特异之处。如果只有一两棵，在百花丛中，决不会引起任何人的注意。但是它却以多制胜，每到春天，和风一吹拂，便绽开了小花；最初只有一朵，两朵，几朵。但是一转眼，在一夜间，就能变成百朵，千朵，万朵。大有凌驾百花之上的势头了。”

是的，此时呈现在我们眼前的二月兰，已经凌驾在百花之上，开得绚烂、恣意、无所畏惧。

或许是人的共性吧，对一件事物没有认识之前，并不在意，认识了解二月兰之后，忽然发现生活中处处都有它的身影。走着走着，路边的绿化带中，突然窜出几枝蓝紫色的花，在风中招摇，那种旁若无人的开放的姿态，无不展示着二月兰朴素的美。

今年春天，在我家楼下的草坪里也发现了它的身影。起初，并没在意，及至开花时，我才发现这是二月兰。看着它娇弱的身躯，不禁心生感慨。去年因为极寒天气，今年春天好多树木都还没见到一丝绿意，因此，对蓦然间见到的这柔弱的花更加心生怜惜。

前几天，丈夫说老家一棵十多年的石榴树到现在还没发芽，不知是不是冻死了。我嘱咐他，暂时不要动它，说不定过个夏天还能再活过来呢。

土生土长且有十多年树龄的石榴树经此一劫，尚不知生死存亡，一株小小的二月兰，却在风霜的侵蚀面前，未受丝毫影响，我不禁心生敬佩。二月兰的种子，含有丰富的亚油酸，亚油酸具有降低人体内血清胆固醇和甘油三酯的功能，能软化血管和阻止血栓形成。二月兰，不仅绽放了美丽，还通过自身的营养价值为人们带来福祉，这也是人们对它推崇有加的理由吧。

相关知识：

二月兰，又称二月蓝，别称诸葛菜，十字花科诸葛菜属，一年或二年生草本。因农历二月前后开始开蓝紫色花，故称二月蓝。生长于平原、山地、路旁、地边，对土壤光照等条件要求较低，耐寒旱，生命力顽强。原产我国东北、华北，辽宁、河北、山东、山西、陕西、江苏、浙江、上海等地均有野生二月兰，后来因其实用价值较高，也多有人工栽培。

百鸟不敢栖，止避凤凰也

——梧桐

梧桐是小时候最常见的树，也是我最喜欢的树。那时，家家户户房前屋后，都会栽几棵梧桐树。笔直的树干，像伞一样阔大的树叶，尤其是一串串小喇叭状的紫色花朵，现在回想起来，满满都是回忆。

梧桐因为是传说中百鸟之王——凤凰栖息的树，梧桐又有百树之王的称谓。

有一年作协去高青扳倒井酒厂采风时，我在高青市中心的道路两侧见到好多梧桐树，正值梧桐花开的季节，灰墙白瓦之间，点缀着淡淡的紫色，由此我对这个城市生出诸多好感。

我家房前也有一棵梧桐树。春天的日光很长，梧桐树下洒满了重重阴影，我常常在树下凝望着高大挺拔的梧桐树，对这棵供百鸟之王——凤凰栖息的百树之王，心生向往。

传说凤凰是神鸟，是高贵吉祥的象征，只有有福气的人才能看见它。凤凰只落在梧桐树上，如果找不到梧桐树，宁愿累死都不会停止飞翔，所以，自古以来就有“栽下梧桐树，引来金凤凰”之说。

农村家栽梧桐树，除了吉祥寓意之外，最大的目的是用它做家具。梧桐树生长得特别快，树形又挺拔，成材后的木质比较软，容易雕刻。如果在衣柜的门板上刻以各种各样的花纹，可以增加装饰性，还有优美、细腻的纹理，因此，一般农家常常选它做衣柜。

梧桐树开花的时候，如烟霞般的紫色，从高处俯瞰，整个村庄淹没在紫色的海洋里。“梧桐树，梧桐花，梧桐树上结喇叭，喇叭结蛋蛋，蛋蛋又开花。”孩子们在树下唱着有关梧桐树的歌谣，跳房子、踢毽子，渴了、累了就爬到树上摘几串梧桐花，把花蒂放在嘴里吮一吮，瞬间，一丝清甜沁入肺腑，吸过的花被我们当作小喇叭吹着，虽然这小喇叭是个“哑巴”，可我们依然乐此不疲。

梧桐花落了，梧桐树的叶子才渐渐长出来。从手掌那么大，越长越大，一直长到锅盖大小才肯罢休。随着梧桐树叶的繁茂，天气也越来越热，“六月的天，小孩的脸，说变就变”，常常上一刻还烈日炎炎，不知道哪阵风刮来云彩，就下起了雨。梧桐树的大叶子就是它送给我们的天然雨伞。摘一片梧桐树叶顶在头上，“轰隆隆，打雷了，轰隆隆，下雨了，下吧，下吧，我要开花；轰隆隆，轰隆隆，下雨了，下吧，下吧，我要发芽。”一边喊一边往家跑去，跑回家还要趴在窗台上，听雨落在叶上的声音。

如果是细细密密的小雨，梧桐树是静默的，只有雨下得急的时候，梧桐叶才会随着雨声，发出“吧嗒吧嗒”的声响。我常常误认为是谁在树下叹气，尤其夜里，听着雨落在梧桐树上的声音，会生出绝望的感觉，我搂着母亲的脖子，问她是不是凤凰不来梧桐树伤心了。母亲说不是凤凰不来梧桐树伤心了，是你这么晚了还不睡，梧桐树生气了，不信，你睡着了，梧桐树就不出声了。

果然，我睡着了，梧桐树也没有声响了。第二天，太阳出来了，照在被雨水清洗过的梧桐树上，梧桐树越发挺拔青翠。

唯有秋天，看到大片大片的梧桐叶纷纷落下，落得那么干脆，那么

决绝，那么猝不及防，所有叶子仿佛一夜之间都已落尽，就像一个看穿尘世的老人，再也不肯留恋世间半分。

我将落下来的梧桐叶，一片片捡起摞起来，藏在柴火屋里，这是我挽留它们唯一的方法。可隔不了几天，我精心收藏的梧桐叶总是不见踪影，只是此时我的注意力已经转移到梧桐树籽上了。梧桐花谢了后，结出一些绿色的小铃铛。小铃铛没成熟之前是实心的，掩藏在阔大的梧桐叶之间，不细心看根本发现不了，只有等到落叶之后才能看到一串一串的小铃铛，这时节，成熟的小铃铛成了空心的，风一吹，发出“唧哩咣啷”的声音。我们摘来拿在手里，学着货郎的样子，走街串巷喊着：“拿头发换针使来……”

我还没来得及长大，梧桐树已经成材。有天放学回家，发现院里那棵高大的梧桐树被锯得七零八落，我的眼泪“吧嗒吧嗒”往下掉。母亲给我擦着眼泪说：“这火候拿捏的，当演员不好？”我把书包一撂，气鼓鼓地说：“谁让你们砍梧桐树的，赔我的梧桐树！”

母亲说：“好，赔你的梧桐树。这棵给你大姐和二姐做嫁妆，明年再栽一棵，等你长大了，给你做嫁妆。”

“哼！我才不要什么破嫁妆呢！”我心里虽然还在生气，但听到明年会重栽梧桐树时，也就释怀了。

第二年，母亲真的带着我在原来的地方，又栽了一棵梧桐树，只是还没等梧桐树长大，我就离开了家乡。都市里高楼林立、绿植繁杂，很少见到梧桐树。每到春天，我总是怀念那一片片如烟似霞的紫色，怀念树下听雨的时光。尤其读到李易安“梧桐更兼细雨，到黄昏、点点滴滴，这次第，怎一个愁字了得”时，更加认定世间所有的愁绪都与梧桐有关。

古人笔下，不乏对梧桐的描写。风吹叶落，雨滴梧桐的凄清景象，成为文人笔下孤独忧愁的意象。温庭筠“梧桐叶、三更雨，不道离情正苦，一叶叶、一声声，空阶滴到明”的夜半愁思，李煜的“无言独上西楼，月如钩，寂寞梧桐深院锁清秋。剪不断，理还乱。别是一番滋味在心头”都与愁绪有关。

唯有《诗经·大雅·卷阿》中“凤凰鸣矣，于彼高岗。梧桐生矣，于彼朝阳”之句，抛却世俗的清冷，予凤凰以生机。我记起母亲给我讲过梧桐树仅供凤凰栖息的故事，母亲不识字，无法给我解释诗人笔下“凤凰和鸣，梧桐疯长”“良禽择木而栖”的含义，却用最朴素的话教育我如何做人。只是诗歌仍在，梧桐树已鲜见身影，母亲也早已与我天人永隔。

令我欣慰的是回诸城定居后，竟多次发现梧桐的身影，虽不能与儿时记忆中那棵高大挺拔的梧桐树同日而语，慰藉一颗怀旧的心，已是足矣。

今年文学馆布展，需要几张诸城的风光照片，我陪同摄影师去拍障日山，在障日山顶俯瞰，发现远处竹山附近林林总总的绿色之间，有几处紫色花朵。“不会是梧桐吧？”虽心生好奇，但我忍住没问，怕被摄影师笑我大惊小怪，于是刻意改变原来路线，想一探究竟。

随着现在新型树种的出现，梧桐作为家具木料的价值渐渐被取代，经济价值也严重下降，现在已经很少有人种梧桐树了。在古代，梧桐可谓备受推崇，中国最传统的乐器，被称为“太古之音”“天地之音”的古琴就多用桐木制作而成。用桐木制作的古琴发音润厚古朴，有金石韵，古琴一般长约三尺六寸五，象征一年三百六十五天，整体形状依凤身形而制成，其全身与凤身相应，有头、颈、肩、腰、尾、足，无形中，梧桐与凤凰再次有了千丝万缕的联系。

及至到了竹山跟前，确认真是梧桐时，我才告诉摄影师改变路线的原因。“一棵梧桐树，也值得你大费周折？”我没回应他，只抬头向大山深处望去，这才发现漫山遍野的绿色之中，梧桐树并不在少数，它们三三两两散落在山中，经了绿色的衬托，这紫色更娇柔，更艳丽，为这苍翠的青山增添了一份亮丽。

我多次来过竹山，竟然都没有发现梧桐树，看来无论什么事，都讲究一个缘字。我在心里默默地想，一座能留得住梧桐树的山，肯定会引来金凤凰的。

相关知识：

梧桐树，梧桐科梧桐属的植物，别名青桐、桐麻，属落叶大乔木，高达 15 米；树干挺直，树皮绿色平滑，适合生于肥沃、湿润的土壤。原产中国，各省都有栽培，木材适合制造乐器，树皮可用于造纸和绳索，种子可食用或榨油。由于其树干光滑、叶大优美，是一种著名的观赏树种。

荼蘼不争春，寂寞开最晚

——蔷薇

去年，诸城作家协会组织到竹山采风，杨宗亮书记曾向我们详细介绍了竹山诸多景点。其中九峰五谷最为有名，九峰即竹节峰、舜王峰、观仙峰、猴王峰、东坡峰、试剑峰、灵芝峰、霞客峰、云鹤峰；五谷是药王谷、柔情谷、聚宝谷、三泉谷、我乐谷。名目虽然繁多，可我总觉得少了什么，细细想来，应该是少了蔷薇谷。

我跟杨书记提出疑问时，他一头雾水。作为一个资深竹山人，他不会漏掉任何一个有价值的景点。我故作神秘地告诉他，这个蔷薇谷嘛，他压根不可能知道，因为这是五姐给它命名的。

在这之前，我们已经多次走进竹山。记得有一次我和五姐同去时，蔷薇花开得正盛，漫山遍野充满了盈盈白色，白得似是不染尘世烟火的世外仙姝，围绕着耀眼的白，处处蜂蝶起舞，处处清香扑鼻。

最“过分”的是三泉谷下，简直是蔷薇花的海洋。三泉谷因山谷中有三眼清泉汇聚于此得名，前些年没有开发，虽称三泉谷却极少有泉水涌出。及至近年在竹山旅游开发公司的管理下，竹山才呈现出欣欣向荣的景象，处处花香弥漫、溪流淙淙。三泉谷下的山谷，经了溪水的洗涤，草木更加青翠，花香更加怡人。

偶然踏足这里，我们被眼前的花海迷醉，每一朵花都精神抖擞，每一片叶都温润如玉，五姐更是兴奋得无可名状，直言她要为这个山谷命名，百年之后还要埋骨于此，于是，蔷薇谷之名应运而生。

我是爱花的，从小就是。小时候经常与小伙伴们去山中挖些野花栽在家中的墙角下，根据季节不同，带回的野花也不同，有时候是一株石竹，有时候是一簇山菊，也有时候折几枝山桃或杏花插在瓶中。

家乡的山上，是没有蔷薇的。客居济南的时候，忘记在哪条路边的绿化带旁边，见过大片的蔷薇，后来回到诸城，也见过五颜六色的蔷薇，只不过都是人工栽培的，美则美矣，只是生活在城市的蔷薇，沾染了人间的烟火，便觉得有点俗了。

这里的蔷薇，未经尘世沾染，白得那么纯粹，竟有几分仙风道骨，像它的花语一样纯洁。世间但凡纯洁的，都是敏感的，蔷薇也不例外。

相传很久以前，小小的蔷薇仙子深得王子宠爱，在王子精心呵护下，一天天长大。在它即将开花时，突然发现身边开了一枝玫瑰，开得那么艳丽那么妖娆。在玫瑰花的映衬下，蔷薇花显得卑微渺小，虽然如此，纯洁的蔷薇花还是很快和玫瑰花成了无话不谈的好朋友。

第二天，王子来到花园的时候，也惊艳于玫瑰的美丽，但他已经心有所属，他知道一朵花属于谁是有定数的。他的缘只与蔷薇有关，因此王子只看了玫瑰花一眼，便仔细地照顾蔷薇花了。

喜欢美是人的共性，王子也不例外。偶尔他也会用余光看一眼玫瑰花。可就是这一眼，敏感的蔷薇看在眼里，心里起了波澜。虽然表面上仍然灿烂地开放，内心却伤心失望极了。王子走后，蔷薇看着怒放的玫瑰花，在黑暗来临时，悄悄地哭泣，它明白这不能怪玫瑰花，是自己对爱情太过执着和对爱情的唯一，不容许她的心上人心有旁骛。

第二天，王子看到蔷薇时，它已

经蔫头耷脑没了精神，王子不明所以，更加细心地照顾它，只是在照顾蔷薇的时候，仍顺带照顾着玫瑰。蔷薇更加绝望了，在它心里，王子已经移情别恋了，它感觉自己就是多余的，世间对于它，已无可留恋。王子离开后，蔷薇花枯萎了。

夜空中，蔷薇化作洁白的仙女腾空而去。临行前，它告诉玫瑰花，好好爱王子。玫瑰哭着说，王子只是欣赏我，他心里真正爱的人是你，他的心是属于你的……

玫瑰花还没说完，蔷薇已经不见踪影。王子再来花园的时候，玫瑰花哭着告诉王子蔷薇的心事。王子听后懊悔不已，恨自己不能一心一意对待蔷薇，他向蔷薇离去的方向深情地张望。黯然神伤的王子，随之变成一只金黄色的小鸟，追随蔷薇而去。

后来，在蔷薇花开放的地方，总发现黄鹂鸟的身影，听说那是王子为守护蔷薇花幻化而成的。伤情而死的蔷薇，至死都把最美的一面呈现在爱人面前，就像蔷薇花开的时候，总是绚烂到极致，因此才有了“开到荼蘼花事了”的名句。

古人将蔷薇花称为荼蘼，其实它们是有区别的。

荼蘼在湖北乡村很常见，荼花枝叶茂密，花繁香浓，入秋后果色变红，可以生食或加工酿酒，孩子们喜欢它的果实，称它为“糖葫芦”。蔷薇则是藤状爬篱笆的小花，落叶灌木，枝干成半攀缘状。蔷薇花虽然也结果实，只是它的果实是不能食用的。

碰巧它们都在春末开放，并且盛花期都绽放得毫无保留。苏轼曾在诗中感叹“荼蘼不争春，寂寞开最晚”。荼蘼不仅喻示繁华落尽之意，它还被定义为伤感之花，常用来表示感情的终结，爱到荼靡，意蕴生命中最灿烂、最繁华或最刻骨铭心的爱即将逝去。在佛典中也有荼蘼的描述，说这是天上的花，白色柔软，见到此花者，恶自去除，是一种天降的吉兆。无论蔷薇还是荼蘼，在我看来，都暗含了伤感寂寞的情怀。

正月的第一场雪后，我在雪中见过蔷薇花的果实，晶莹的雪花覆盖着红彤彤的果实，此时，在它的枝干边缘已经有暗红色的嫩叶，性急地探出了头。

蔷薇花是结篱笆或点缀庭院的首选。蔷者，从墙；薇者，细小的草木，这种解释可见蔷薇习性，即柔弱的枝条需依仗坚墙或竹篱的扶持才能够葳蕤而生。蔷薇又是泼辣的，是粗犷不拘小节的，只要环境适宜，用不了几年就会爬满整个山墙、庭院。

北宋文学家、政治家范镇的屋前有个庞大的蔷薇花架，可以同时容纳几十个人聚拢在花架之下。每年春天，蔷薇花繁盛时，范镇在花架下广宴宾客，他们有个独特的酒令——落花掉在谁的酒杯里，谁就把杯中酒喝干。

古人喝酒向来名目繁多，最有名的要数“曲水流觞”，因为这个典故成就了王羲之的千古名篇《兰亭集序》。

古时风俗，每年农历三月朋友相聚，会在弯曲的流水中放置酒杯，酒杯流到谁面前，谁就取下来喝掉，传说可以万事顺遂、祛凶辟邪。后来成了文人墨客之间的雅事，只是多了个环节，酒杯流到谁的面前要先喝酒后作诗，作不出诗来的还要再罚酒。由此，王羲之写下了被后世称为“天下第一行书”的《兰亭集序》。范镇更是别出心裁，用落花行酒令，想来也是浪漫之至，可以想象微风吹拂，片片飘落的蔷薇花瓣像雪一样撒落在杯中、案上、座中人的衣襟上，是何等的雅致，如果为这个酒令起个名字，我觉得可以用“落花令”。

蔷薇以其茂盛之姿，将最美的一面呈现给人们，而后凄然而落，蔷薇过后，人间再无芬芳。

相关知识：

蔷薇，是蔷薇属部分植物的通称，主要指蔓藤蔷薇的变种及园艺品种，大多是一类藤状爬篱笆的小花，是原产于中国的落叶灌木。花常是 6~7 朵，有白色、黄色等多种颜色，花谢后萼片脱落结圆珠体的果实。蔷薇可以药用，用蔷薇花制成的粥有很好的营养价值。

知否，知否，应是绿肥红瘦

——榆钱

一场春风过后，又一场春风，紧接着一场雨，又一场雨。天朗润了，温度也升高了。地上的草儿，树上的叶子，随着一场场风和一场场雨，变得丰腴，在树和草的装扮下，水清了，山绿了，空气也更加浓郁起来。

在满目耀眼的绿色之中，后知后觉的就是榆树了。连布布丁、苦菜花等众多不知名的小花，都拼尽了才思争相献媚，唯独榆树是不解风情的寂然不语，怪不得人们常常将不开窍的人称为“榆木疙瘩”。及至人们彻底脱掉棉衣，换上轻薄的衣衫，榆树才像刚刚睡醒似的，在枝头鼓起暗红色米粒大小的花苞。如果不注意，根本发现不了，等阳光变得更加灼热，暗红色的花苞才肯绽放，此时开出的并不是花，而是一串串嫩绿色的果。榆树的果称为“翅果”，形状像古时候的钱币，所以称它为“榆钱”，榆钱与“余钱”谐音，在民间有吃“榆钱”得“余钱”之说。

榆钱是我们小时候难得的美味。它既可以生吃，又可以蒸榆钱糕，熬榆钱粥，还可以用榆钱包包子、饺子。总之，榆钱是怎么吃都不腻的人间美味。

每到榆钱成熟的季节，孩子们就有了用武之地。有的家长给孩子预备个小布袋，带在身上，方便爬到树上去捋榆钱，把捋下的榆钱装在布袋里，等树上的孩子把布袋装满，树下的家长嘱咐孩子把布袋系好口扔下来。

家长拿这些榆钱回家洗净了，搅上红薯面或玉米面上锅蒸，蒸出来的榆钱糕，松软香甜。家境好的用白面蒸，面粉的麦香和榆钱的清甜混在一起，咬一口满嘴生香，不管大人还是孩子，每次吃到腹饱肚圆，仍意犹未尽。

生榆钱的味道也是极其诱人的。像我这种性子急的人，是等不到又洗又蒸这些复杂的环节，我是爬到树上去，捋一把榆钱，直接塞进嘴里就吃，洗？免了！榆钱一入口，顿时，清清甜甜中还带着一丝软糯，嚼在嘴里，甜在心里，那才叫一个爽！

经了风雨的榆钱，一经开放，便“呼啦啦”地再也压制不住，先是一丛丛一簇簇地簇拥在枝头，紧接着，树上的叶子也开始舒展，经过一个冬天的沉寂，肥厚的叶片在阳光的照耀下，散发着绿油油的光，真正绿肥红瘦的季节到了。

榆木因为木质坚韧、纹理丰富细腻，是制作家具或装修上好的原料，与南方产的榉木并称为“北榆南榉”。榆木做家具的历史，可以说与家具史同步，所以榆木家具所代表的不仅是格调和品位，更是一种传统，代表着文化的沿袭和传承。

从前，几乎每个村里都有几棵甚至几十棵老榆树，这些榆树粗细不一，每一棵榆树就像一个村庄的守护神，亘古不变，风雨不侵。

随着经济快速发展，人们越来越追求高效，像生长期缓慢的槐树、榆树等传统树种渐渐淡出人们的视线，取而代之的生长较快的速生杨类的树木，它们生长快，见效也快，但少了岁月的积淀，没有了沧桑感，就像一个造型精美的花瓶，即使品相再精致，还是缺少内涵。

竹山植被茂密，多以土生土长的落叶乔木为主，当榆树开始发芽时，竹山的山就密了，林间的鸟儿也多了，山桃褪尽粉色换上绿油油的新装，登上竹山的山峰，俯瞰山下，入目之处，皆是葱茏。

在这些茂密的绿色之中，榆树并不显眼。我也是在下山时候发现的，当时落日的余晖正穿过树丛，落在曲折迂回的山路上，我在山路边发现了几棵尚小的榆树，有两拃高度，粗细更别提了，不如根筷子粗。很明显，这些小榆树是野生的，榆树依靠落下的种子繁殖，既然有小榆树，这一带肯定有老榆树。

循着山路回头向山顶望去，我所处的位置正是最有名的竹节峰，因山顶巨石林立状如竹筒而得名。当地村民又将这些竹筒石称为“天书石”，传说是当年玉帝天宫晒书时，不慎遗落在这里的，如果谁能读懂这些天书，可前知九百载，后断一千年，只是这么多年过去了，从未有人能读懂这部天书。

在“天书石”下方，我发现几棵老榆树从巨石缝中探出了头，在悬崖与峭壁之间，舒展着身姿，苍老的枝干上满是疤痕，但它枝头仍然缀满一丛丛一簇簇的榆钱。在它身下，盘根错节新生的小榆树，更是郁郁葱葱。我冒着山陡路滑的危险，爬到山腰上折了几枝缀满榆钱的树枝，捋了一把榆钱塞进嘴里，顿时一股软软糯糯的清甜捕获了我的味蕾，没错！是小时候的味道。此时，饥肠辘辘的我，左一把右一把地吃起来。

小时候，常听老人说，美食不可尽用，说再好的东西吃多了也会伤身，但是好像唯独没说榆钱不能多吃。榆钱果实中含有大量水分、烟酸、抗坏血酸及无机盐等，其中钙、磷含量更为丰富，还有清热安神的效果。在饥荒的年代，不仅榆钱，就连榆树叶和树皮都视为救命之物。榆树，作为灾荒年的“功臣”，拯救了无数饥饿的生命。

由此，我不由想起榆树村的故事。

相传在东北松花江畔的一个小村子里，住着一对年迈的农民夫妇，虽然日子过得清苦，但看到谁有困难还是倾囊相助，是远近闻名的大善人。

有天农夫在路边遇到一位饿昏的老者，就把他背回了家。老伴儿把家里仅有的一碗米熬成稀饭喂给他吃。吃过粥后，老者醒了过来。他看着农夫一穷二白的家，叹了口气说：“你们日子过得这样苦，还把仅有的一点米给我吃了，我怎么过意得去呢？”农妇说：“别说见外的话，咱们天下穷人都是一家。”

老者听了农妇的话很受感动，可他浑身摸了个遍，也没找到半文钱，只好把怀里一粒像铜钱一样的种子递给农妇，说：“这是榆树的种子，你把它种到院子里，等到长成大树时，如果遇到困难，晃一晃，树上就会落下钱来，但千万不要贪心。”老者说完就走了。

农夫把这粒种子种到院子里，果然长出了一棵小树苗，没几年就长成了一棵枝繁叶茂的大树。

有天老太太病了，可家里没钱抓药，农夫忽然想起老者的话，跑到树下摇了几下，树上果真“哗啦啦”掉下了一串铜钱。农民就用这些钱把老太太的病治好了。

这事被村里的老地主知道了。他心生妒忌，心里想，榆树上还能掉下钱来？这样的树，一个泥腿子怎么配拥有？于是，他带着打手，把老两口赶了出去，霸占了这棵榆树。老地主来到树下，抱着树不停地摇晃，树上的铜钱像雨点一样哗哗地落。地主贪婪地一边晃一边高兴地大喊：“我发财了，我发财了！”他从早晨晃到中午，铜钱越落越多，最后把地主和打手都压死在树下。从此以后，这棵树再也没落过钱。

第二年大旱，地里庄稼都旱死了，眼看村民们都忍饥挨饿。有人看到树上结出了一串串绿油油的东西，觉得好奇，就爬到树上摘下几片尝了尝，不仅好吃，还有些微微的甜。人们高兴坏了，赶紧吆喝村里的人都来摘，吃这种绿东西的人不仅不饿了，浑身还充满了干劲儿，全村人靠这棵树度过了荒年。

因为它的果实像一串串铜钱，村民们就给它起了一个很好听的名字“榆树钱”。没吃完的榆树钱，落到哪里，就在哪里生根发芽，多年以后，村子里的榆树越来越多，成了一片榆树林，人们称这个村叫榆树村，再后来，村子越来越大，又成了榆树县，也就是现在的榆树市。

听完这个故事，我也明白了一个道理，所谓“爱出者爱返，福来者福往”，莫不过如此了。

相关知识：

榆树，又名春榆、白榆等，榆科落叶乔木，幼树树皮平滑，灰褐色或浅灰色，大树皮暗灰色，树皮粗糙；叶椭圆状卵形等，叶面平滑无毛，榆树的花又称为榆钱，花先叶开放，呈倒卵状圆形。分布于中国东北、华北、西北及西南各省区，朝鲜、俄罗斯、蒙古等国也有分布。

几曝复几蒸，用作三冬粮

——橡树

家乡的山上，除了松树，最多的就是橡树和栗树了，它们像是一对形影不离的姐妹，只要有橡树的地方，定有栗树的身影；同样，只要有栗树的地方，肯定有橡树的存在。

我曾经问过村里的老人，橡树和栗树为什么形影不离。老人们说这里面有个故事。

以前在竹山深处有一只罴子，活得年岁久了有了些道业，常常化为人形下山为非作歹。

有一次，幻化成人的罴子，在山中遇到正在采药的橡花姑娘，它见橡花姑娘长得水灵灵的，煞是好看，顿时心生恶意。罴子目不转睛地盯着橡花姑娘，心想，我要是能把这么好看的姑娘带回去当个压寨夫人该多好……

正想着，脚下不小心绊了一跤，疼得它“哎哟”一声。罴子一边呻吟一边用眼角瞟了橡花姑娘一眼，发现橡花姑娘往这边看，故意趴在地上不起来，好心的橡花姑娘见状，赶紧过来扶它，罴子趁势攥着橡花姑娘的手不放。

橡花姑娘见罴子这般孟浪，又气又急，她使劲甩开罴子的手赶忙跑往家跑。到家后，橡花姑娘惊魂未定，把路上遇到的事一五一十对家人说了。

橡花爷爷是方圆百里有名的老中医，经常走街串巷给当地百姓治病，附近没有他不熟的人，他想了半天也没想起有这么个人。又问孙女那人相貌特征，橡花姑娘想了想，说那人的手毛茸茸的。

橡花爷爷听了，大吃一惊，他早听说山上有个罴子经常下山祸害百姓，只是一直找不到它的行踪，无法收拾它。现在自己送上门来，必须赶紧除掉它，以防它祸害当地百姓。

但凡能幻化为人形的动物，都有些造化，没有些手段轻易制服不了，搭上自己的性命不说，一旦打草惊蛇，会引起它变本加厉地报复。

橡花爷爷思来想去，难以入睡。半夜，村里升起了浓烟大雾，一时间，整个村子都充斥着呛人的气味，人们被呛得咳嗽连天。到了下半夜，咳嗽没好，还拉起了肚子。橡花爷爷判定这是罴子在作妖，却又无计可施。

天快亮时，橡花爷爷才睡着，朦朦胧胧中，梦见一个白衣白裙的仙女向他走来，自称是黄帝的妻子嫘祖。她告诉橡花爷爷，每年七月七日罴子会在山中坐修。坐修时把罴胆吐出来，放在山石上接受天地雨露的滋润，等坐修完后再吞回腹中。如果能趁它不注意，把它的胆偷出来，熬水给村民喝了，疾病就能治愈。如果错过时机，罴子把胆再次吞回腹中，功力必定会大增，那时再收拾它就更难了。

橡花爷爷皱紧眉头，苦苦思索后向嫘祖郑重点头，承诺一定除掉罴子。话音刚落，爷爷从梦中醒来，眼前哪有什么嫘祖，只见浓烟滚滚，眼睛都睁不开。

橡花爷爷定了定神，天亮之后就是七月初七了，必须尽快找到罴子，设法除掉它，否则后果不堪设想。爷爷顾不上吃早饭，赶紧挎上采药的篮子进了山。橡花姑娘见爷爷急匆匆地出了门，也赶紧跟了上去。

偌大个竹山哪里才是罴子的藏身之地？橡花和爷爷从山下的三皇庙村出发，沿山路一路搜寻，经过大半天的搜索，终于在竹节峰上看到了罴子的身影。

罴子选在这里坐修，颇费了一番心思。竹节峰空旷寂寥，视野开阔，空气清朗，确实是坐修的好地方。远远地，橡花姑娘看到罴子的皮毛已经炸开了一半，罴胆就在面前的石头上闪着绿莹莹的光。

如果罴子的皮毛全部炸开，说明坐修完成，接着就会把胆吞回肚中，那时可就什么都晚了。橡花爷爷一个箭步窜上去，着急地想把罴胆抢过来，哪知罴子很警觉，橡花爷爷刚一靠近，就被它一把拎起来，“嗖”地摔到山下去了。

“爷爷！”橡花姑娘大叫一声，眼睁睁地看着爷爷被摔下山去，又心疼又着急，可一想到村里那么多百姓等着罴胆救命，顾不上救爷爷，赶紧三步并作两步跑过去，伸手把罴胆抢过来就往山下跑去。

罴子见罴胆被抢，坐修被破坏，气急败坏地咆哮着，伸着两只毛茸茸的爪子扑向橡花姑娘。眼看罴子就要追上橡花姑娘，罴胆就要被抢回去了，橡花姑娘急中生智，一口把罴胆吞进了肚里。

可罴胆毒性太大了，橡花姑娘吞下去没多会儿，就中毒身亡。在她倒下的地方，转眼长出了一棵幼小的树苗，树苗见风就长，没几天，结出了毛茸茸的小果子，受毒雾伤害的人们，把果子摘来煮着吃了之后，都奇迹般地好了。人们感念橡花爷爷和橡花姑娘的救命之恩，就把这种小小的果实叫橡子。

失去胆的罴子也死了，在它死去的地方，也长出了一棵树，乍一看跟橡树差不多，只是长出的果实外壳是坚硬的毛刺，人们恨透了罴子，纷纷拿起锤子砸它的果实分而食之。

老人们说，之所以有橡树的地方就有栗树，那是罴子精跟着橡花姑娘讨要它的胆呢。听到这里，我恨不得也吃几个栗子解解恨。

说到吃，栗子比橡子好吃多了。因为橡果中含有大量的单宁，味道既苦又涩。给橡子面脱涩是个非常复杂的工程，要经过多遍浸泡、过滤才可食用。

人们食用橡子的历史至少可以追溯到公元600年前。唐朝皮日休在《橡媪叹》中写道："秋深橡子熟，散落榛芜冈，伛偻黄发媪，拾之践晨霜。移时始盈掬，尽日方满筐，几曝复几蒸，用作三冬粮……"张籍也在《野老歌》中提到"岁暮锄犁傍空室，呼儿登山收橡实"。无论皮日休的《橡媪叹》还是张籍的《野老歌》，都说明至少在唐朝人们已经在食用橡子了。橡子还曾经是美国东部土著人的主食，也是欧洲人在灾荒时的重要食物之一。

橡子外表是一个坚硬的薄壳，呈棕红色，内仁像花生米一样，它的果实淀粉含量达60%，既可以食用，又可作纺织工业浆纱用的原料，还有解毒杀菌的功效，对淋巴结核、阿米巴痢疾、恶疮、红痢疾、白痢疾等病都有辅助治疗的作用。

乍一看，橡子的头上像带着个木质的小帽子，倒过来看，又像是橡果坐在木质的小碗里，这个像碗一样的小帽子，植物学家称为"壳斗"，上面有鳞片、环纹或其他附属物，未成熟时，壳斗或多或少包裹着未成熟的果实，保护它远离昆虫的啃噬。等到八九月份，橡子成熟了，就纷纷从树上跌落下来。

跌落到地上的橡子，成了松鼠的美味。松鼠捡拾到这些美味，也会做脱涩处理。松鼠不会像人类那样浸泡、蒸煮，但是，聪明的松鼠会将橡子拖到远处，浅浅地埋在土里，等大地充分将橡子的涩味吸收殆尽，才扒出来食用。只是松鼠的记性并不好，把橡子藏起来后，常常就把这事忘了。这些被松鼠遗忘的幸运儿，在来年春天便生根发芽，多年之后，又是一棵枝繁叶茂的橡树。

橡树还有层寓意，新人结婚时，若是在橡树上绑上红绳，就会得到橡树的祝福，橡树还代表着思念与荣耀，被欧洲一些国家誉为神圣之树。

相关知识：

橡树，又名栎树，是对壳斗科栎属植物的通称。世界上共有300多种，我国有60种左右。由于橡树能适应广泛的气候和土壤条件，所以在热带、温带、寒带都有分布。橡树生长迅速，抗干旱，少虫害，无须专人管理，荒山野岭、沙丘薄地，均可栽种。

岂不尔思？子不我即

——栗树

东门之墠，茹藘在阪。其室则迩，其人甚远。

东门之栗，有践家室。岂不尔思？子不我即！

《诗经》中，这是一首青年男女唱和的恋歌，恋人之间无法面对面放声高歌时，作为酬答抒发内心焦急与渴望的恋歌。大意是：

东门外有个草场，茜草生长在山坡上。两家房屋虽然离得很近，人儿却像在远方。东门附近种着栗树，房屋栋栋都很整齐。我怎能不想念你？你不知道你不来我很心急？

《诗经》中的这首《郑风·东门之墠》诗，

将栗子推上了表达爱情的宝座。以前老家结婚有吃栗子的习俗，不知道是否因为沿袭这首诗的寓意，还是单纯取“栗子”与“利子”的谐音？

相传，从前只有天宫里有棵栗树，即使王母娘娘想吃栗子，也得请示玉帝。为什么现在的栗子树遍布大江南北呢？在民间，传说这是孙悟空立下的汗马功劳。

唐僧西天取经时，孙悟空等弟子一路护送，后来悟空三打白骨精，唐僧说他杀心太重，将他赶回了花果山反省。悟空上天宫找玉帝讨要说法，回来的路上，看到王母娘娘的果园里有棵大树，上边结满刺烘烘、金灿灿的栗子。他想这是什么稀罕果木，难不成比蟠桃还金贵？悟空好奇心起，看四下无人，就想偷摘一些带回花果山。他使劲儿蹦了个高，才摘下一个最大的，想揣在怀里，结果被栗蓬扎得抓耳挠腮，奇疼无比。

这一跳不要紧，头上的金箍碰到了栗树树干，顿时，树上的栗子纷纷坠落，四处翻滚，有的落在了山的东边，有的落在山的西边，也有的落在了山的南边和北边。

天宫里的栗子可是神物，果园里顿时天昏地暗、飞沙走石，玉帝循迹一看，大事不好，有人来偷栗子！即刻派出天兵天将前去捉拿。

悟空顿觉大事不妙，原本是找玉帝讨要说法的，说法还没讨到，却被当盗贼逮个现形，再不跑就被玉帝拿个人赃俱获了。悟空往下一看，正好看到风景秀丽的竹山，觉得这是个好地方，就把偷来的栗子扔了下去，等日后再来取，又担心找不到，就拔了根毫毛，变成个小猴子看管。

取得真经之后，悟空封了神，偷来的栗子哪还入得了他的法眼。可怜看护栗子的小猴子，天天等，日日盼，直到变成了石头也没见到悟空的身影，这是竹山猴王峰的来历，也是竹山栗子的来历。

栗子真正的原产地就在中国，它与枣、桃、李、杏同为五大名果之一。栗子属多年生落叶乔木，每年五月初栗树开始发芽，要等到盛夏才开花。栗花雌雄同株，雄花像毛毛虫一样挂在树梢，雌花一朵或数朵藏在雄花花序基部的花苞内。栗花并不漂亮，像杨树的花，味道却非常浓郁，也不好闻，有人说是男人的味道。每年栗树开花的时节，整个山谷都飘着浓郁到化不开的栗花香。

栗子成熟在九十月份间，成熟后的栗子从枝头坠落，落地后的栗子有的自然炸开，人们捡拾它的果实食用。栗子性温，味甘，有养胃健脾、补肾强腰的功效，也可防治高血压病、冠心病、动脉硬化、骨质疏松等疾病。

栗子还有“河东饭”之称。相传唐末晋王李克用任河东节度使时，在一次率军追击汴军途中，军粮一时未能得到补充，百姓告知可以采当地野生栗子代粮。晋王即令军士速取野栗，蒸熟饱食后，继续奋勇杀敌，终于取得了胜利。后来，晋王军称栗子为“河东饭”，晋王则称栗子为“得胜果”。

栗子有如此种种好处，肯定备受青睐。中国很早就有栽种栗子的记载。《史记》有记，春秋诸侯王曾大力嘉奖，凡栽栗树千株以上者，以千户侯相待。可见，古人早就知道栗子对人类的贡献，才会对种植板栗者有如此高的奖赏。

栗子也是我爱吃的干果，小时候村里有结婚的，小孩子们看热闹之余，还要抢缝在被子上的吉祥物。办喜事的人家把栗子、花生、大枣、桂圆等寓意吉祥的果木，染成大红颜色，用大红的丝线串起来，缝在新被子的一角，取“早生贵子”之意。

伴娘抱着这床缀有吉祥物的被子进新房时，故意将它露在外边，让孩子争抢。抢到的孩子既沾了喜气还解了馋，抢不到的只能干瞪眼没办法。

家乡的山上，有许多野生栗树，每年不等成熟，孩子们就跑到山上，用长竿捅或者扔石块砸，把未成熟的栗子砸下来。栗子不像其他野果那样未成熟时酸涩难咽，而是甜中带脆，细细咀嚼，成为浆液后有一股淡淡的清香。

栗子吃到嘴里并不容易，第一步，首先用竹竿捅或者石头砸，把栗子打下来，接下来还要剥它那层坚硬的毛刺刺的外壳，我们称这层毛刺刺的外壳为栗蓬，剥栗子时，栗蓬是最难剥的，稍不小心就会把手扎出血来。砸开栗蓬，露出一圈光滑、棕红色带着硬壳的栗子，它们像蒜瓣一样紧紧围绕在一起，要想剥开这层棕红色的栗壳，需要先用牙咬再用指甲一点点抠，壳里边还有一层毛茸茸的内衣，紧贴在栗肉上，耐心地用指甲一丝丝抠掉后，金黄的栗肉才完全露出来。有性急的孩子，连内衣一同吃掉，口感自然差了很多。

秋色渐浓时，栗子真正成熟了，随着秋风纷纷坠落下来。这时的山中，是孩子们的乐园，我们一边唱着“小刺猬毛外套，脱去外套露红袍，红袍裹着毛棉袄，袄里睡个白宝宝”，一边乐此不疲地捡拾着落下来的栗子。这时捡到的栗子，栗蓬已经自然张开，轻轻地触碰一下，栗子就从栗蓬中脱落出来。即使如此，不小心也会扎伤我们的手。因为不止一次受过伤，我常常恨恨地想，那么好吃的东西，为什么会有那么丑陋且伤人的外壳呢？

生栗子甜中带脆，炒熟或蒸熟的栗子，又面又香，如果说生栗子的味道是青涩的，熟栗子则是成熟的味道了，就像人一样，青春有活力四射的魅力，成熟则有成熟稳重的韵味。

如果捡回来的栗子比较多，母亲做饭时就会放在锅里煮，如果捡回来的栗子太少，就没必要浪费柴火，直接埋在灶下的灰烬中烧。吃着自己的劳动成果，除了解馋还拥有分配权。无论煮的还是烧的，全家人都有份，当然母亲得到的会多一些，辛劳的父亲也要多分几颗，欺负我的姐姐嘛，能有得吃就不错了，分到最后，虽然自己所剩无几了，但心里仍是满满的，全是分享劳动成果的成就感。

相关知识：

栗子，素有“干果之王”的美誉，根据外形大致分为两种：一种为锥栗，主要生产在福建以北山区；扁平个大的为板栗，在中国北部多个省份都有。栗子属于坚果类，淀粉含量很高，适应性很强，华北地区的群众把栗子叫作“铁杆庄稼”，是绿化结合生产的良好树种。

无意争颜呈媚态，芳名自有庶民知

——艾草

近几年，随着艾灸养生的兴起，艾草也变得炙手可热。

艾灸，是中国古老医术之一，起源于远古时代，形成于商周，至今历时几千年。艾灸养生是用百草之王的艾草制成艾条，点燃放入灸器中滚动于经络或患处四周，帮助人体全面温通经络，温补元气，调和气血，能充分改善气滞血淤、肿胀酸麻，使人最大限度释放能量、解除疲劳，达到内外和谐统一的境界。

史书记载最早使用艾灸疗法的是晋代的鲍姑，她是我国医学史上第一位女针灸学家。鲍姑一生行医，采药、制药，尤其擅长治疗赘瘤和赘疣。

有一次，鲍姑在采药途中，在河边遇到一位轻女子，此女子时而叹气，时而发呆、时而掩面哭泣。鲍姑遂上前询问缘由，女子什么也不说，只把双手慢慢从脸上移开，鲍姑吓了一跳，她看到的是一张长满黑色肉瘤的脸。

鲍姑见过诸多疑难病症，像女子这样满脸肉瘤还是第一次见到。难怪女子难过地想要轻生！鲍姑劝慰女子，既然遇见了，身为一个医者，定当不遗余力帮她诊治。女子一听，欣喜万分，当即把鲍姑带回家中。

来到女子家中，鲍姑取出特制的艾灸条点燃，让她把脸靠近艾条上熏，每天几次。第一天艾灸时，女子只感到脸上热乎乎的；第二天再灸时，脸上的肉瘤有了紧绷绷的感觉；第三天，眼看着肉瘤开始萎缩，就这样一直灸了七天。

鲍姑让女子把脸洗干净，照照镜子。女子端坐镜前，此时镜子里的她，皮肤如婴儿一般嫩白滑腻，哪里还有什么肉瘤？女子全家跪拜，感激鲍姑再造之恩。

鲍姑以一个女子之躯，跋山涉水，采药行医，实在令人钦佩，人们亲切地称她"鲍仙姑"，医学界尊称她为"艾灸之圣"。

我有个文友对艾草的痴迷近乎着魔，每到一地，必先寻艾草，我跟着他长了很多见识。他告诉我说，艾草分很多种，有白艾和水艾，还有类似于艾草的艾蒿，虽然相似，在药效上却大打折扣，采摘时要睁大慧眼分辨，千万不能混淆。

最好的艾草当然是生长在山野间的白艾，略差一些的是生在水边的水艾，从外表看，它们长得差不多，但水艾比白艾的出绒量少很多。

艾草的优劣以出绒量决定，辨别方法极其简单，摘一片艾草叶子，从中间撕开，中间藕丝一样的东西，就是艾绒，艾绒是做艾灸条最基本的原料，艾绒越多则说明艾草的品质越好。

在民间，人们将艾草奉为至宝，有“家有三年艾，医生不用来”之说。文学作品中，文人墨客对于艾草向来不吝笔墨。“彼采艾兮！一日不见，如三岁兮！”《诗经》里诗人用直率的语言直抒胸臆，将相思之人的款款深情寄托在几株寻常、柔韧的植物上。“何昔日之芳草兮，今直为此萧艾也。”《离骚》中的艾草，被诗人赋予了太多的情感，仿佛已经不是简单纯朴的艾草，而是诗人的化身。比较而言，我更喜欢《诗经》中不事雕琢的率直。傅斯年曾经说过，《诗经》最大的艺术，是不用艺术。就如艾草一般，虽以朴实无华的面目示众，带给人们的却是救疾疗病的惠泽。

在乡间，艾草是最常见的。无论山涧、沟壑，还是平源、丘陵，总能见到它，它又是最不起眼的，在草木繁盛的自然界，之所以备受青睐，与它的实用价值密不可分。

端午节有用艾草驱邪避祸的习俗。人们认为端午节处于春夏之交，

也是炎热夏天的开端，各种毒虫开始活跃，鬼魅邪秽开始猖獗，人们在这一天要开始注意消灾防毒，因此留下了“清明折柳，端午插艾”的习俗。

艾草是菊科草本植物，它的茎叶含挥发性芳香油，既能驱蚊虫、净化空气，还可入药，具有理气血、祛湿寒的功能，所以端午节插艾不是迷信，是有科学依据的。

记忆中，艾草最大的作用是驱蚊。端午节前后，母亲常常割回一捆捆艾草放在院子晾晒，晒到半干最柔韧的时候，将艾草拧成一根根长长的如胳膊粗细的草绳，我们称为“火绳”。拧好后，母亲将这些火绳挂在墙上晾晒，以供来年驱蚊虫使用。当年的火绳是不能用的，因为没有干透的火绳，冒出来的烟不仅呛人还辣眼睛，只有干透了的火绳，不呛人，还有丝丝缕缕的艾香。

艾草的香味是儿时最熟悉的味道。我将母亲拧火绳剩的碎料，装在小布袋里做成香包放在枕边。新鲜的艾草香味是热烈的、浓郁的，有多少个炎热的夏夜，是伴着艾草的香气入眠。干透了的艾草，是淡淡的暖香，沉静的夜晚，艾草的馨香逐渐氤氲，青葱岁月中的焦躁、迷茫，在不绝于缕的艾香中，渐渐归于沉寂。

炎炎夏夜，人们吃过晚饭在院里纳凉，火绳就是天然的蚊香。火绳点起不一会儿，院子上空飘起袅袅烟雾，随着烟雾升起，艾草的香味也越来越浓，蚊子、苍蝇也都不见了踪影。

野外看管瓜果、庄稼的人们，将火绳挂在瓜棚门口，此时的火绳，不仅熏蚊子，还负责警戒。在漆黑的夜里，火绳一闪一闪暗红色的光，对野生动物是很大的震慑。

今年端午节前，在竹山小木屋周围有幸遇到大片大片茂盛的艾草。按照文友的方法加以识别，在撕开的叶片中，满是撕扯不断细密的丝状

物，由此断定这是上好的艾草。我直接下手薅了一大捆，借着周末回老家的机会，让公公代劳拧成火绳。

我让公公这么做的时候，并没真想用火绳驱蚊，也许内心深处只是是对童年记忆的一种怀念吧，那时候，没有蚊香，也没有驱蚊药，夏季驱蚊，家家用火绳。日子清贫，却因此享受着大自然最好的馈赠，真应了时下流行的话：也许最廉价的，越是最宝贵的。此时，不由想起幼时读过有关艾草的诗：

端午时节草萋萋，野艾茸茸淡着衣。
无意争颜呈媚态，芳名自有庶民知。

相关知识：

艾草，又称香艾、蕲艾、艾蒿等。多年生草本或略成半灌木状植物，基部稍微木质化，并有少数短的分枝，叶厚纸质，上面有灰白色短柔毛，上部叶与苞片叶羽状半裂、头状花序椭圆形，花冠管状或高脚杯状，花柱与花冠近等长或略长于花冠，有浓烈的香气。全草可入药，有温经、去湿、散寒、止血、消炎、平喘、止咳、安胎、抗过敏等作用。艾叶晒干捣碎得“艾绒”，制艾条供艾灸用，还可作“印泥”的原料。

差之毫厘，谬之千里

——蛇葡萄

竹山有一种非常奇特的葡萄，刚发芽时的样子跟山葡萄一模一样，到六七月份成熟的时候，它们的不同之处才逐渐显现出来。

成熟后的山葡萄成串成串的，有红色、紫色，也有黑紫色的。山葡萄中含有丰富的蛋白质、碳水化合物、矿物质和多种维生素，是难得的

山间美味，吃起来酸甜可口，还是酿葡萄酒的原料，用山葡萄酿出来的酒，酒色深红艳丽，风味口感都极佳。

可竹山上的这种葡萄，开始时跟山葡萄完全一样，也是翠绿色的，只在快成熟时，先由翠绿色变成浅紫色，再由浅紫色变成孔雀蓝色，这种艳丽的颜色，在或青或绿或红或紫的水果界中，显得有些另类，再加上果实上的斑斑点点，晃眼一看，像极了蛇的眼睛。

没见到它成熟的样子之前，我无比坚定地认为这就是山葡萄。因为它跟山葡萄太相似了，无论枝蔓还是老藤，即使开的花，也没有什么不同，只在快成熟时，才略有区别。山葡萄是一串串的，排列非常紧密，这种葡萄的排列却是一粒一粒松散的。慢慢地，颜色也有了不同，果实大小也不一样了，山葡萄如眼珠一般大，这种葡萄却大不过黄豆，只是一直未曾识得它。

及至今年夏天，几个外地朋友携家眷来诸城游玩，因为我最喜欢竹山，决定推荐他们去竹山一游。这个时节，竹山植被茂密，相对于城里来说不太热，竹山景色优美，人文传说较多，可以满足大人游玩的需求；竹山近年开发的部分娱乐项目，像漂流、七彩滑道、旋转木马、滑梯等游乐设施，又特别适合精力充沛到无处安放的孩子们。竹山还有极具特色的餐饮，住宿就更值得一游。由“集装箱”改建的建筑，从外面看并没有特别之处，可透过屋子向外眺望，抬头花开似锦，低头水波潋滟，绝对有“面朝大海，春暖花开”的感觉。朋友听闻，马上让我带路入山！

就在环山路边，我们遇到了这种奇怪的葡萄，为了显示自己博学，我煞有介事地告诉他们，这是山葡萄，怕他们不信，率先摘了几颗准备尝一下，一入口，我发现苦涩无比！

涩且不说，还满口发麻。山葡萄没有成熟，是有点微微的涩味，但随之而来的应该是酸。可这种葡萄，涩后发麻，而不是酸，麻后还有微微的刺疼，我赶紧吐出来，随手打掉孩子们手里刚摘下的所谓山葡萄。告诉他们，千万别吃！

我拿着几颗剩下的葡萄，跟附近劳作的山民请教，他们辨认说这并不是山葡萄，而是野葡萄。这种葡萄生长的地方，常常有蛇出没，它们是治蛇毒的首选良药，因此也叫蛇葡萄。

别看一个是“山葡萄”，一个是“蛇葡萄”，一字之差，口感却大不一样。竹山回来之后，经过多方考证，才弄清楚了它的身份，原来这种野葡萄的全称是“显齿蛇葡萄”，并且它还在医药界立过大功。

相传，清朝重臣窦光鼐任嘉庆帝老师时，有次授课时发现嘉庆皇帝说话声音沙哑，面色发黄，脸上还经常长一些红痘和黑斑，虽经御医多次诊治，却都没有效果。

有一年，窦光鼐回乡探亲，发现乡亲们经常用山上采来的一种蛇葡萄叶煮水喝，喝过后的人精神饱满，声音洪亮，皮肤光滑。他很感兴趣，亲自品尝之后，感觉

先苦后甘，回味甘凉，喉咙也很舒服。想到皇帝的声音和面色，就带了些藤叶回京给嘉庆品尝试饮。

嘉庆喝完之后，觉得不但味道不错，喉咙也舒服了很多，便经常泡饮。半年时间过去了，脸上的红痘、黑斑都消失了，皮肤也变得光滑了，嘉庆皇帝非常高兴，随后命御医批量制作“蛇葡萄茶”。蛇葡萄茶逐渐流传，并传到南洋一带，至今在东南亚各国仍享有盛誉。由于蛇葡萄叶揉制烘干后呈白色，所以，南洋一带的人们又称它“白茶”。

蛇葡萄虽然不好吃，颜色也怪异，可它不但能治蛇毒，它的根、茎、叶都可以入药，有清热解毒、止痛止血的功效，因此还有个“见毒消”的别称，由此，它也算是人世间的一大功臣吧。

相关知识：

蛇葡萄，属葡萄科蛇葡萄属植物，分布于江苏、安徽、浙江、江西、福建、湖北、湖南、广东、广西、四川等地。具有清热解毒、祛风活络、止痛、止血、敛疮之功效，常用于风湿性关节炎、呕吐、腹泻、溃疡、跌打损伤肿痛、疮疡肿毒、外伤出血、烧烫伤等。

谁言寸草心，报得三春晖

——益母草

慈母手中线，游子身上衣。
临行密密缝，意恐迟迟归。
谁言寸草心，报得三春晖。

诗人孟郊的《游子吟》，将母亲对孩子关爱和孩子对母亲无以回报的心情，描摹得细致入微。

母爱是天性，是伟大的，是天下最无私，深受此爱庇护的子女，总想对父母有所回报，因此才有了卧冰求鲤、乌鸦反哺等传说，益母草就是一位孝子为母亲求医问药的经典。

相传以前，有位女人生完孩子后，因为瘀血留下了腹疼的后遗症，看过很多大夫一直没治好。直到儿子长到十岁时，村里来了一位大夫，儿子去求大夫给母亲治病。大夫诊后告诉他，母亲的病可以治好，只是需要时间，还要花很多钱买药。儿子听说母亲的病能治，欣喜若狂。大

夫开了药让他回家给母亲熬着喝。

药没几天喝完了，母亲的病还没有多大起色，孩子只好再去找大夫，大夫说得连续喝几个月。就这样，药喝了一个多月，儿子已经很少听到母亲半夜的呻吟声了。大夫开的药有效果了！可母亲长年疾病已花光了家中积蓄，仅靠他上山打柴卖的钱，很难应付，儿子犯了难。

这天儿子又上山打柴，恰巧遇到了给母亲看病的大夫，他见大夫的药筐里有好多新鲜的草药，明白大夫的药都是在这山上采的。于是悄悄地跟在大夫后边留意他采什么药。

原来大夫采的是一种开淡紫色小花的草，它们的叶片狭长呈卵形，看上去很像大夫给母亲开的药。于是，他天天上山采这种草熬给母亲喝，又经过一段时间的调治，母亲的病彻底好了。

后来村里再有人得产后腹疼，母亲就告诉她们用这种草药泡水喝，效果非常好。有人问这种草叫什么名字，可是谁也不知道。大家都说这是儿子为了给母亲治病千方百计寻来的，就叫它“益母草”吧。

益母草还有云母草、茺蔚花、九重楼等名称。益母草的花开在茎部叶端的地方，淡紫色小花，远远看去，层层叠叠，这也是被称为九重楼的原因。

益母草在山野荒地、田埂、草地都能生长，但它更喜欢湿润的地方。沿河边行走，经常见到大片大片的益母草。我家的农田在水渠旁边，小时候母亲下地干活的时候，常常带着我。大人们在地里劳作，孩子们无聊，就在水渠旁结伴玩耍。

不放水的时候，水渠是一条很深的沟壑。春天，水渠里色彩缤纷，到了夏天，就是益母草的天下了。益母草花茎可超过一米，在顶端开几个小杈，小杈上又有分杈，在枝杈中间，才是紫色的小花。益母草的花，总觉得开得太过单调，总觉得缺少点什么。

孩子们不清楚哪种植物是什么花、什么草、什么药材，只觉得好玩。折一根益母草的嫩枝，摘掉叶片，缠绕在手脖上当手链，或折一大把编成草帽，孩子们用益母草编出来的草帽，简直可以称为花冠。

那时不懂“益母草”的内涵，嫌这个名字太土气，我喜欢喊它“九重楼”，有的小伙伴直接叫它“薰衣草”，觉得这个名字更洋气，虽然知道它并不是薰衣草。

长长的夏季过后，孩子们扔在的院子里益母草花冠，被母亲随手放在墙头上任凭风吹日晒。我以为我们曾经奉为至宝的花冠，会沦为烧火的柴草。

临近春节的时候，邻家大娘过来串门说闲话，说她儿媳妇小产之后，一直腹疼。母亲赶紧拿了些晒在墙头上的益母草给她，说管不管用拿去煮水喝喝试试。大娘半信半疑地拿走了。

过了几天，大娘特意来谢母亲，说儿媳妇喝了母亲给的草药病就好了。母亲说，用得着是味药，用不着就是把柴火。

益母草是常用的中药，有利尿消肿、收缩子宫的作用，是历代医家治疗妇科病的良药。作为一个母亲，我也得到过益母草的恩泽，我想世间所有的一切，都值得我们心怀感恩吧。

相关知识：

益母草，唇形科、益母草属植物，一年或二年生草本植物，可生长于多种环境，野荒地、路旁、田埂、山坡草地、河边，以向阳处为多。茎直立，通常高30~120厘米，叶子轮廓为卵形，基部宽楔形，夏季开花，花粉红至淡紫红色，长1~1.2厘米。

棘心夭夭，母氏劬劳

——山枣

凯风自南，吹彼棘心。
棘心夭夭，母氏劬劳。
凯风自南，吹彼棘薪。
母氏圣善，我无令人。

《诗经》中描写山枣，一字一句，全是对母亲养育儿女的感激之情。诗的开篇，就把母亲的抚育比作温暖的南风，把自己和弟兄们比作山枣树的嫩芽，从生的嫩芽之所以能够健康成长，全依赖于母亲的辛勤哺育。

山枣是极难成材的树木，树干长到十厘米左右时，有一多半会干枯，再从根部发出新的嫩芽，作者以此自喻，用不成材的山枣树比喻自己，反衬母爱的伟大。

可在我老家，枳沟镇南边却有棵非常大的山枣树，听说已有五百多年树龄，山枣很少有称之为树的，我之所以将它称为树，因为它真能称

得上一棵树，并且是一棵非常大的树。

这棵山枣树，我以前就听说过，也特意去寻找过，都未能见得“庐山真面目”。直到前不久，我回老家，几个老同学约我们去五莲许孟吃驴肉，回来的路上，说起这棵山枣树，同学们说它就在我们回程的路上，既然顺路，当然要去拜访，更何况还有同学作向导。

车在山路上七拐八拐后，终于在一片果园里见到了这棵山枣树，好家伙！那真是一棵大山枣树！足有五六米的高度，直径至少半米有余，虽然嶙峋的树干几处出现空心，可树冠依然茂盛，枝上果实仍然累累，我简直被惊呆了！

迄今为止，这是我见过的最大的一棵山枣树！

山枣多生长在山中或丘陵地带，这棵树却生长在平坦的果园里，在低矮的果树之中，足以称得上“屹立”了，我试图考究它的来历，希望它有一个神话一般的传说，可同学们都摇头，表示没有听到有关它的传说。

即使没有传说，这也足

以称得上一棵神树。山枣极难长大成材，若无所护佑，怎会长得如此高大，唯一的解释就是人们对生命的敬畏，对生态环境的保护。

山枣又名酸枣或野枣，成熟后的山枣酸中带甜，是孩子们解馋的野果。我喜欢山枣，除了爱它酸酸甜甜的果，更喜欢它的花。

山枣是比较迟钝的植物，春天的第一缕风没有吹醒它，万紫千红之后，山枣才试探着抽出嫩芽。鹅黄色的嫩叶，爬上苍劲有力的枝干，似乎将孕育了整个冬天的力量都抽丝剥茧地展现。等到嫩叶逐渐丰满，山枣花才悄然开放。山枣花不像桃李那般灿烂鲜艳，开始只有用心留意，才会发现在叶的根部，有两三粒米状的花蕾，嫩黄中融进些淡淡的绿，开放后花朵也小小的，却散发出浓郁的清甜香味，隔着几条街都能闻到，使人不由地联想到枣花蜂蜜的味道。

枣花蜜是比较大众化的蜂蜜产品，我知道竹山出品的枣花蜂蜜，多是山枣蜜，如今崇尚原生态的当下，野生山枣蜜自是身份不菲。

竹山大道旁边，长年驻扎着一位放蜂人。有次路过时，特意停车与养蜂人聊了聊，问在这里采的都是什么花蜜，他说枣花和槐花居多，这里的槐花和枣花香味很特别，与竹山的水有很大关系。

养蜂人取竹山的山泉当饮用水，说着就从身边桶里打了一杯让我尝尝。这山泉水一入口，顿时有种充盈的感觉，细品还有一丝清甜。养蜂人说，他早些年走遍

了大半个中国，最终选择留在这里，除了自然优势外，水好也是重要的原因。

我不禁想起近几年经常喝的“竹山润”山泉水，有瓶装也有桶装，喝过多次，只觉得口感很好，但没留下太深印象。此刻喝着随手取来的山泉水，再经放蜂人这么介绍，蓦然发现，这竹山的水确实不一般。

好山出好水，好水润好花，花香自然蜜甜，我终是经不住诱惑，枣花、槐花蜜尽收囊中。

九月，山枣逐渐成熟，成熟的山枣整体都是紫红色的，脆中带甜，我最喜欢吃将熟未熟的山枣，那时枣子红绿相间，酸酸甜甜，咬一口，舌底生津，既解渴又解馋。

前些年出于商业目的，有些地方过度开发，人与动物、植物争抢地盘，我真担心，这些野生的花啊，草啊，失去了立身之地。幸好，近年随着人们环境保护意识的提高，逐渐意识到生态环境失衡所造成的巨大损失远非金钱所能弥补的，因此保护生态环境成为这个时代每个人的责任和义务。紧随着退耕还林、减少开发等一系列措施的实施，水清了，天蓝了，山林茂密了，飞禽走兽也在逐渐增多。我心里暗暗高兴，不仅仅是为这几枚果子、几株山花，更为我们美丽的独一无二的家园。

相关知识：

山枣，为鼠李科、枣属植物。乔木或灌木，最高可达 14 米；小枝褐色或紫黑色，具明显的皮孔。叶纸质，椭圆形，卵状椭圆形或卵形，长 5~8 厘米，宽 3~4.5 厘米，顶端钝或近圆形，稀短突尖。生于山谷疏林或干旱多岩石处。

时徂鹰化鸠，地迁橘为枳

——枳树

春秋之前，枳树一直寂寂无闻，自春秋之后才名声大噪，论其功劳，齐国的晏子功不可没。

《晏子春秋·内篇杂下》记载：“橘生淮南则为橘，生于淮北则为枳，叶徒相似，其实味不同。所以然者何？水土异也。”

这个典故出自春秋时期。齐国派以能言善辩著称的晏子出使楚国。楚王想借机戏弄他，就特意安排解差押着一个犯人从晏子的跟前过，到晏子跟前时，楚王故意问犯人是哪个国家的，犯了什么罪。解差回答说，犯人是齐国的，因为偷东西被逮起来了。楚王笑问晏子，是不是齐国人都喜欢偷东西？晏子回答说："淮南的橘子大又甜，为什么移栽到淮北，又酸又小呢？是水土、环境不同才使橘子发生了变化。齐国人在本国不偷东西，为什么到了楚国就偷了呢？是不是楚国人都喜欢偷，齐国人到了楚国才跟着学坏了呢？"且不说楚王如何尴尬，只说枳树，却着实借着这个典故蹭了把热度，并且自此以后盛名不减。

北宋有名的大学士秦观，也曾借此题诗曰："时徂鹰化鸠，地迁橘为枳。"以典入诗向来有之，用枳的典故比喻同一事物因环境不同发生变化，根据变化因地制宜，做出正确判断，这本无可厚非的，而"时徂鹰化鸠"，则言过其实。

我国有惊蛰三候之说：一候桃始华；二候仓庚鸣；三候鹰化为鸠。意思是过了惊蛰，要等三种景象出现后，天气才能真正暖和起来。哪三候呢？一候桃始华，意为桃花开放。二候仓庚鸣，仓庚是黄莺的别名，二候等听到黄莺的叫声了。这两候简单易解，唯三候鹰化为鸠，原意是等待鹰变成斑鸠。误区大概就在这里，天气变暖后，天空的霸主——鹰

却不见了，此时斑鸠繁盛起来，人们误以为鹰在这个季节变成了斑鸠，到秋天再变回来。真相其实是这样的，鹰的孵化期在五六月份，斑鸠繁殖期恰巧早于鹰，因此，在鹰孵化时，正是斑鸠繁盛的时候，想象力丰富的人们加以想象，把鸠和鹰当成彼此的化身，并以此臆造出鹰变鸠的典故。

枳树的枳，也是枳沟的枳。枳沟是诸城最西边的一个乡镇，也是我的家乡。因镇前有一条大沟，沟两边植满密排的枳树得名。枳树是芸香科枳属落叶灌木或小乔木，身上布满坚硬锐利的长刺，不要说人，就是麻雀都难以飞过去。据说当年清军入关打到枳沟时，老百姓借着这道天然屏障幸免于难。

枳树到底是一种什么植物？竟然以不战而胜的方式，保护了一个村庄。我对枳树的印象，只是童年残存的一点点模糊的记忆，具体的样子却毫无印象了。

有次我问村里的老人，为什么在枳沟却见不到枳树。老人说，枳树结的果子不好吃，树干也成不了材，烧火还扎手，除了当作篱笆基本再无用处，谁还会栽它!

我不禁大失所望，善忘的人们，怎能如此对待曾经保护了整个村庄的功臣，可此一时彼一时，谁会在和平年代，损失经济利益去栽种毫无价值的枳树呢？从此之后，枳树，成了我心中的一个梗。

第一次见到真正的枳树，是在桃花山路边。那年秋后，我与文友去桃林爬山，行至半路时，看到路边一排密密麻麻直立的灌木，我问文友是什么，他们回头看了一眼，不屑地说：“臭杞!”

“就是枳树吧？”我心头一颤。有人说枳树臭烘烘的，所以称它臭杞，这时节，枳树上已经挂满果实，只是有的稍嫌青涩，有些已经青中带黄。我们停车摘了一个，暗黄色的果皮非常粗糙，剥开果皮，小小的枳瓣，散发着微微的香气，一入嘴，却又酸又苦，还带着涩味，我赶紧吐出来。

同车的文友说：“老唐，你可别小看这小小的臭杞，它可是治疗肝肾阴亏、腰膝酸软、头晕目眩、目昏多泪等病症的良药，还可调节机体

免疫功能，有效抑制细胞突变，具有延缓衰老、调节血脂的作用，并可入药、嚼服、泡酒……”文友像卖耗子药似的口若悬河说个没完，我一迭声地“呸！呸！呸！”吐个没完。它实在是太难吃了，闻起来却清清凉凉的，我摘了几个放在车里，权当是车载香水。

此后，我又陆陆续续见过几次枳树，大多栽种在果园的周围，作为篱笆之用。枳树身上狭长的刺针能起到很好的防御作用，是果园、菜园的天然屏障。

今年春天，我在枳沟庙山双子湖山庄再次见到枳树。当时，遍布刺针的枳树上刚刚冒出浅黄色的嫩芽，向阳的枝干上，顶着稀疏的花苞，有的已经绽放，洁白的花瓣，在阳光的照耀下，散发出沁人心脾的清香。虽然只是小小的一丛，但我也释然了。枳沟，终于拥有名副其实的枳树了。

相关知识：

枳树，是中国独有的树种，落叶灌木或小乔木，高 1~5 米，别称枸橘、臭杞、臭橘、雀不站、铁篱寨。树冠伞形或圆头形，枝绿色，叶柄有狭长的翼叶，花瓣白色，果近圆球形或梨形，果皮暗黄色，粗糙，微有香橼气味，甚酸且苦，带涩味，5~6 月开花，10~11 月结果。

万物难为有，无常似尾花

——狗尾草

周敦颐说过“水陆草木之花，可爱者甚蕃”，可他老人家爱的是莲，他还列举了文人钟情的一系列花草，什么梅、菊、兰、牡丹等，虽然所爱不同，但都非名即贵，唯独没人喜欢狗尾草。

大千世界，谁会喜欢一株其貌不扬的狗尾草，人们常说，物以稀为贵，狗尾草既不稀也不美，还是破坏农田的一把好手，怎么会有人喜欢呢。

狗尾草是常见植物，对环境的适应能力非常强，无论在荒野、道旁，还是农田、菜地，到处都有它的身影，是锄不尽、拔不光的田中一害，因此，农民对它深恶痛绝。

别看狗尾草人人嫌弃，可传说中的狗尾草，却是由一条善良的大黄狗变成的，之所以成为人人憎恶的模样，缘于三皇庙里的那个可恶的地主。

相传，竹山脚下有个叫三皇庙的村庄，村里有个叫柱儿的孩子，十多岁时父母就去世了，家里只留下一条大黄狗和二亩薄田，勉强供他度日。

这年过了谷雨，家家户户都赶着节气开始耕种了，可柱儿个子小，身单力薄，拉不得犁，耙不了地，愁得眼泪直打转。雨生百谷，如果错过了这个季节，往后的一年没有收成，他就得忍饥挨饿。

这时，蹲在身边的大黄狗开口说话了："柱儿，你别急，明天我跟你去种谷子。"柱儿说："我又拉不动犁，怎么种？"大黄狗说它能拉犁。柱儿虽然半信半疑，可第二天一早，还是带着大黄狗下了地。

果然，到了地里，大黄狗拉起犁来一板一眼有模有样，比黄牛还能干，邻居见了都很惊奇，那年收下来的谷子比往年都多，可把柱儿高兴坏了。

村里的地主听说柱儿家有条神狗，还能拉犁耙地，就打起了坏主意。待第二年春天，他来到柱儿家，拿出一张欠条，说柱儿父亲生前欠着他们很多债，让柱儿还钱，还不上就用大黄狗抵债。柱儿哪有钱还债，眼睁睁地看着地主把大黄狗牵走了。

地主牵着大黄狗来到地里，也想让它犁地。可任凭地主怎么打怎么拽大黄狗就是一动不动，最后被地主活活打死了。地主一看大黄狗死了，就把它埋在地里，只露一截尾巴在外边，又去找柱儿了。

到了柱儿家，地主气急败坏地大骂，说柱儿给了他条疯狗，啥活不干，刚到地里就一头钻进土里死活不出来了。柱儿一听赶紧跑到地主家地里查看，只见一条毛茸茸的狗尾巴，在地里摇啊摇。柱儿哭着拉着狗尾巴就往外拽，拽了半天只拽出了条狗尾巴，大黄狗不见了。

柱儿伤心地抱着狗尾巴往家走，还没等到家，狗尾巴又变成了一棵草。柱儿把这棵草栽到了自己家的地里，也算是把大黄狗安葬了。

那天晚上，柱儿梦到大黄狗。它对柱儿说，今年就不要播种了，地里的草籽就够吃了。半梦半醒中，柱儿迷迷糊糊也没听明白大黄狗的话，第二天，他到地里一看，地里长满了像狗尾巴一样的草，绿油油

的一大片。

到秋天的时候，这些绿油油的草果然结出了黄灿灿的草籽，柱儿靠这些草籽又挨了一年。

后来，地主看见柱儿地里的草还能当粮食，就偷偷拔出来种到自己家地里。这些草到了地主的地里，一夜之间，长得铺天盖地，地主高兴得嘴巴都合不上。到了秋天，这些茂盛的草儿也结出了大大的穗子，只是有穗无籽……

因为草是善良的大黄狗变的，长得又很像狗尾巴，就得了个狗尾草的名字。狗尾草的穗长得毛茸茸的，跟谷穗很相似，我们称它毛谷茸。有很多人称它“狗尾巴花”，其实“狗尾草”与“狗尾巴花”是完全不同的两种植物。

狗尾巴花

狗尾草是禾本科一年生草本植物，又名莠草。《本草纲目》中记载："莠草秀而不实，故字从秀。穗形象狗尾，故俗名狗尾。其茎治目痛，故方士称为光明草、阿罗汉草。"

狗尾巴花却是蓼科一年生草本植物，别名荭草、大红蓼、大毛蓼、游龙。它的花穗也很像狗的尾巴，因此才有"狗尾巴花"之名，因和麦穗相像，民间又叫它"麦穗花"，狗尾巴花对环境要求相对高一些，多生长在湖泊、沼泽、河滩或北方农家院前等水资源丰富的地方。

我们在田间地头常见到狗尾草，等它长出毛茸茸的穗子，采下花穗扎成一把当扫把玩，还用它的茎编成戒指戴在手上，过家家时拿它私订终身。孩子们的这种游戏，并非没有出处，狗尾草的花语代表偷偷地暗恋，默默地陪伴，除此外还代表奉献精神。无论生长环境多么恶劣，狗尾草总能生生不息，以这种坚韧精神代表人们追求爱情的坚定和决心。

在日本，狗尾草备受推崇。江户时代日本汉学大家本居宣长提出的"物哀"文学理念中，就把它列为秋之七草之一。日本平安时代初期的女诗人、六歌仙之一的小野小町有首很著名的爱情诗，即以狗尾草为载体：

万物难为有，无常似尾花。空蝉如此世，幻灭若朝霞。

在这首诗里，对世事的洞悉和爱情的无望，都赋予在狗尾草身上，成熟的狗尾草也身负重任似的垂下了头。

狗尾草以种子繁衍，无论风、雨还是流水，都能成为繁衍的传播者；就连鸟儿狗尾草也不放过，吃过狗尾草籽的鸟儿，将粪便排在哪里，它就在哪里生根发芽，所以我们常常在房顶、墙头上见到狗尾草，这都是鸟儿的功劳。

狗尾草是晚春植物，四五月份才开始发芽，此后，是它成长的时期，这个时期的狗尾草嫩绿的叶，是小鸡、小鸭们喜欢的食物。

五六月份时，狗尾草陆续开始抽草穗，初始时是直立的，直到快成熟的时候草茎才开始弯曲，未成熟的狗尾草几乎跟谷子一模一样，直到成熟以后，人们才能分辨出来。成熟的谷穗沉甸甸的，而狗尾草即使成熟了，也是轻飘飘的。

相关知识：

狗尾草，一年生晚春性杂草，以种子繁殖，一般 4 月中旬至 5 月份种子发芽出苗，中旬是发芽高峰期，8~10 月份为结实期。种子可借风、流水与粪肥传播，经越冬休眠后萌发。

览椒兰其若兹兮，又况揭车与江离

——狼尾巴花

我整理狗尾草和狗尾巴花资料时，女儿问我，既然有狗尾巴花和狗尾巴草，为什么没有狼尾巴花和狼尾巴草啊？虽然女儿只是跟我开了个玩笑，但据我所知，还真有狼尾巴花和狼尾巴草，我不仅有幸遇到过，并且还拍了下来。

我翻找手机里的图片，让女儿看狼尾草的样子。她看了半天，说什么狼尾草，不就是大一号的狗尾草吗？但当她要看狼尾巴花的时候，我翻遍了手机相册也没找到。

狼尾巴花并不常见，我第一次见狼尾巴花，是去药王谷探寻金银花的时候。在植被茂密的山野中，如果不留心，根本发现不了它们，当时我走得匆忙被绊了一跤，起身时发现了它。在一棵粗壮的金银花旁边耸立着一枝弯曲的花柱，那是一株由细密的米粒般的花朵组成的柱子，越到顶端越细，虽说是柱，在顶端处却如谷穗般弯下来。

我惊讶于这种花的美丽与特别。以前从未见过，虽然好奇，却因为时间关系，并没有细究。

中午在生态谷就餐时，有道山鸡蛋炒的菜，味道非常特别。在竹山，我吃过槐花炒鸡蛋、艾蒿炒鸡蛋、花椒芽炒鸡蛋，但它的味道跟我所吃过的都不一样。我好奇地询问餐厅的刘锡梅经理，她说这是竹山独有的一道菜，叫珍珠菜，也叫狼尾巴花。

刘经理见我好奇，就停下来跟我详细介绍珍珠菜的样子。她说就是那种叶子不多，花像狼尾巴一样的草，一般生长在山坡的阴凉处。见我还是一脸茫然，干脆去厨房拿了一棵给我看。我仔细观察，嘿，这么巧！这不就是我在药王谷见到的花柱吗？原来叫珍珠菜啊，可为什么又叫狼尾巴花呢？

狼尾巴花

“你看它像不像狼尾巴？”

“不像。”

她笑了，说：“姐，你看着不像，我看着也不像，什么狼的尾巴这么漂亮。”

我也跟着也笑了。我喜欢她直爽的性格，喜欢她的朴实爽快。以前我俩并不相识，来竹山次数多了，相熟后便互生欢喜。以前来的时候，称她刘总，她不乐意，说刘总刘总叫得多生分，就不能喊我声妹妹吗？她这么说，我倒不好意思了。我觉得她负责这一摊事务挺不容易，称呼刘总既是尊重也是认可。可她更愿意姐妹相称，说明她不虚荣。再说，有这么一个漂亮能干且又实在的小妹，我自然更乐意。

相熟之后，许多与竹山有关的事情，总少不了请教。刘经理在这里的时间虽然不长，但对竹山的一草一木都非常熟悉，聊起竹山的一草一木都如数家珍。她说珍珠菜之所以叫狼尾巴花，不仅因为它长得像狼尾巴，这个名字还来源于一个传说。

很久以前，竹山周围都是茂密的森林。有一天，山路上来了一对年轻夫妇，女人怀里抱着个孩子。他们走得匆忙，在山崖上，女子脚下一滑，怀里的孩子摔下了山崖，两口子眼睁睁看着孩子滚下山崖，却束手无策。待他们转到山下时，哪里还有孩子的踪影。夫妇俩又心疼又着急，一直不死心，天天在山里搜寻孩子。

有一天，他们看到有个四肢着地像狼一样的孩子，总是远远地盯着他们，可当他们待要走近时，又匆忙跑开了。夫妇俩感觉这也许就是他们的孩子，就边追边喊，一直跟到森林深处。

不知什么时候，有头黑熊悄悄盯上了他们。黑熊趁他们不注意，恶狠狠地向女人扑去，男人发现时已经来不及了。眼看黑熊就要扑到女人身上，千钧一发之际，那个四肢着地的孩子不知从哪里窜过来，一头扑向黑熊，死死咬住它的脖子，任黑熊怎么捶打也不松口。这时，旁边突然窜出一头母狼向黑熊扑去，男人趁机摸起一块大石头猛砸黑熊的脑袋，黑熊被打死了，那个孩子也软塌塌地倒在了黑熊身边，死了。

夫妇俩抱着死去的孩子大哭一场，就地埋了。此后夫妇二人经常来坟前看望，时常碰到母狼叼着野鸡、野兔放在坟前，有时候也有几朵盛开的野花和几个新鲜的野果。

第二年春天，孩子的坟上长出了一棵绿油油的草，草越长越高，五六月份的时候，开出了一穗美丽的花，乍然看去，像一串串珍珠，再仔细观察，又像条狼尾巴。

后来才知道，摔下山崖的女孩被失去孩子的母狼救走，它把女孩当成了自己的孩子哺养，把女孩养成了狼孩。狼孩为了救自己的母亲，死在了黑熊掌下，死后化为一朵狼尾巴花。

听完这个凄美的故事，我对眼前的这盘珍珠菜炒鸡蛋，再也不忍心下筷。刘经理见状说："姐姐尽管吃，这种菜在山里多的是，它还有一个很拗口的名字：揭车。""揭车？难不成是屈原在《离骚》里的'览椒兰其若兹兮，又况揭车与江离'的揭车？"见我如此发问，锡梅连连点头："对，对，就是它。"

固时俗之流从兮，又孰能无变化？

览椒兰其若兹兮，又况揭车与江离？

世俗之人，本来就随波逐流，又怎能没变化？高洁的香草（如椒兰等）都这样，更何况普通的揭车、江离了。在《离骚》中，屈原借植物表达世事时俗的变化无常。植物本没有高低贵贱之分，屈原只是借兰草与揭

车抒发对时局的不满，可是我却是真的喜欢它美丽的花柱，喜欢它知恩感恩报恩的心。

相关知识：

狼尾巴花，又叫红丝毛、青桩莲、狼尾珍珠菜、血经草。多年生草本植物，株高 30~90 厘米，茎直立，带紫红色，总状花序生于茎的顶端，花期在 5~6 月份，果期 7~8 月份。主治月经不调、痛经血崩、感冒风热、咽喉肿痛、乳痈、跌打扭伤等症。

纤纤小五星，悠悠少女心

——桔梗

桔梗是散落在竹山深处一种不多见的野花。野花大多是丛生的，桔梗却极少成片生长，在万木葱茏之中，忽然见到一枝迎风摇曳的花，内心还是有着一份小欢喜的。

初见桔梗，是夏末秋初的一个傍晚。暑气还未全消，此时的山中，已有了些许凉意，伴随而来的还有一份秋天的萧瑟。虽有未成熟的果实挂满枝头，但树叶已渐显枯黄。秋天，总给人一份紧迫感，明知时间的流逝是自然现象，可还是压抑不住内心汹涌而至的悲凉。

于这悲凉之中，忽然在一株栗树下，见到了那枝紫蓝色的桔梗花。夕阳下，艳丽的蓝紫色，娇而不媚，艳而不俗，盛开的花朵像陨落在世间的星星，未绽

开的花苞，在微风吹拂下，像风铃般摇曳生姿。只是如此柔弱的花，却有着非常坚硬的花梗，真是不合常理。

难以形容我的乍见之欢，只是笼罩心头多日的阴郁一扫而光，心情因为美丽的桔梗花而灿烂明媚。我情不自禁展开魔性的嗓音唱起来："桔梗哟，桔梗哟，桔梗哟桔梗，白白的桔梗哟长满山野。只要挖出一两棵哟，就可以满满地装上一大筐。哎嗨哎嗨哟，哎嗨哎嗨哟，哎嗨哟，多么美丽哟，多么可爱哟，这也是我们的劳动生产。"这是朝鲜族家喻户晓的民谣《桔梗谣》。

在中华人民共和国成立 60 周年庆典大型晚会上，朝鲜族阿里郎组合曾在第一篇章"这是伟大的祖国"中与蔡国庆、千百惠等歌手演绎过这首歌谣，以此表达对祖国人民的深情厚谊，给我留下了深刻的印象。

《本草纲目》中释其名曰:“此草之根结实而梗直,故名桔梗。”桔(读jiē),取其结实的意思,只是不知何时传成了橘梗,桔梗、橘梗本是两味不同的中药,药效也各不相同。

桔梗花开,代表幸福再度降临。桔梗花的花语——永恒的爱和无望的爱。相传从前村子里有位叫桔梗的女孩,父母早亡,自己独自生活。邻家一少年与桔梗同龄,他们两小无猜,互生爱慕。少年常常对桔梗说,等他长大了,就娶桔梗为妻。

几年后,桔梗长成了漂亮的大姑娘,少年也成了一个英俊的小伙子。有一天,小伙子出海捕鱼,再也没回来。桔梗非常思念,每天站在山顶不停地眺望,盼望他早日归来。

少年一直没有消息,乡亲们都猜测是不是在海上遇难了。失去了心爱的少年,桔梗悲痛欲绝,生了出家的念头,她把僧衣僧帽都做好了,但心里还是割舍不下,总盼望哪一天少年会踏着浪花归来。

就这样,多少年过去了,桔梗从俊俏的大姑娘变成了白发苍苍的老婆婆,身体也越来越差,想起未归的心上人,流下了绝望的泪水。

海神看着桔梗衰弱的样子,再也不忍心让她继续伤心下去。他悄然出现在桔梗身边,让桔梗闭上眼睛,放下思念。桔梗明白此生再没有见到心上人的希望了,便听从海神的话,慢慢地闭上了眼睛。海神抬手在桔梗姑娘额前掸了掸手指,桔梗姑娘的身体慢慢变成一枝花梗,手里的僧帽变成了紫蓝色的花苞,花苞绽开后,依然朝向大海的方向。

后来,人们就把这种花叫作桔梗花了。坚硬的花梗,就是桔梗姑娘对少年永恒而坚定的爱,一朵朵纤弱柔嫩的花朵,代表她思念少年永恒不变的心。

这是竹山一带流传的故事，在朝鲜族，还流传着另外一个传说。朝鲜族有一位叫道拉基的姑娘，家里很贫穷，父母死后，她无法偿还殡葬父母欠下的债，地主要拿她抵债，被她的恋人砍死，结果恋人被关进了监狱，姑娘悲痛欲绝。道拉基决定追随恋人，却在艰难险阻的路上，因为过度伤心抑郁而死。第二年春天，在她经过的山路上，开出了一种紫色的小花，人们叫它“道拉基”。

桔梗花在朝鲜族的名字就是“道拉基”。这是朝鲜族有关桔梗的故事，早逝的少女和因爱入狱的恋人诠释着爱而不得的无望。

这些野生的桔梗并非近几年花店出售的洋桔梗。洋桔梗的花多且复瓣，虽然也很漂亮，但它的茎是软的。野生桔梗，不仅在中国部分地区生长，在朝鲜、日本以及俄罗斯西伯利亚地区的南部也有分布。

桔梗花以蓝、紫蓝色为多，紫中带蓝，蓝中见紫，清心爽目，除了给人宁静、幽雅、淡泊、舒适的感觉外，蓝色的桔梗花显得更加清幽淡雅、美而不俗，文人雅士赞其“花中处士，不慕繁华”。

开放后的桔梗花，像一个规整的五角星，未开放的花苞，也是五角形状，像一顶僧人戴的帽子，因此还有包袱花、铃铛花、僧帽花的别称。

洋桔梗则是原生于美国南部至墨西哥之间的石灰岩地带，又名草原龙胆，属龙胆科多年生植物，花瓣覆瓦状排列，花色丰富，有单色和复色，花瓣有单瓣与双瓣之分。在花店出售的花束之中，洋桔梗占了很大比例。与野生桔梗相比，洋桔梗美则美矣，总感觉少了一份气节，多了一些媚俗。

相关知识：

桔梗，属桔梗科、桔梗属多年生草本植物。茎高20~120厘米，不分枝或少分枝。多野生于山坡草丛之中，其根肥大肉质，呈圆柱形。叶对生或轮生，叶片卵状披针形，边缘有不整齐的锐锯齿。花期较晚，7~9月在茎顶端生一朵或数朵蓝色或蓝紫色的花，现蕾时，膨胀呈气球形。花冠钟形，先端五裂，倒垂时很像古代的钟，所以又称钟形花。

一朝春尽红颜老，花落人亡两不知

——牵牛花

牵牛花因为早开晚谢，只有一天的花期，因此得了一个很凄美的名字：朝颜，由此，以牵牛花比喻生命的短暂，也使我想到《红楼梦》中的诗句：一朝春尽红颜老，花落人亡两不知。

这句双关语的诗句，既是说春天过去，花朵将会凋零；也是说韶华易逝，青春不再，人也难免会衰老甚至死亡。林黛玉的《葬花吟》中，主要表达她在贾府寄人篱下的处境，哀叹自己的生死无人关心，如同春花谢落一样。

牵牛花因为花期短暂以朝颜命名，仅从名字上就感觉此花应是世间罕有，其实牵牛花是一种很常见的野花，不需要特别照顾就能生长得很好，也因它的朴实而备感亲切，牵牛花的藤蔓给人不屈不挠、顽强向上的感觉。

秋赏菊，冬扶梅，春种海棠，夏养牵牛。可见，牵牛花的花期是从夏天开始的，我见过牵牛花最烂漫的季节，却在中秋，在常山脚下。整整一个山坡全铺满了深紫色的牵牛花，煞是惊艳。在秋天的暖阳下，在秋风的吹拂中，一朵朵牵牛花像一个个小喇叭，昂首挺立，吹奏着生命之歌。面对这种灿然盛大的绽放，我内心却感觉到了凄然，在初现萧瑟的秋天，牵牛花努力开放，只一日，这美丽的生命即将消失不再，既是对生命的决绝，也是对命运的不甘，此时，我内心忽然泪流满面，为盛开的花朵，也为这即将消逝的生命。

牵牛花长势非常快，四五月份播下种子，五六天时间就发出嫩嫩的新芽，经过风雨的浸润，新芽迎风生长。长出四五片叶子的时候，茎逐渐弯曲。此时，牵牛花会寻找支撑点继续向上攀爬，遇到高大的附着物更会乘势而上，无论是竹竿、篱笆还是电线，都是它借以攀附的主体。在这个过程中，先是花茎伸长了，紧接着叶柄处开始长出小花苞，花苞慢慢长大，撑开花萼，露出了小小的花蕾。花蕾卷卷地向右侧缠卷。一直到开花的前一天，雄蕊才快速伸长，缠绕的花蕾松开需要相当长的时间，但开到一半以后，只要几十分钟就会完全盛开。开放的牵牛花，像个小喇叭，因此又有了喇叭花的称号。

朝颜的名称缘于花期短暂，喇叭花则是因为形态，为什么又叫牵牛花呢？

相传在竹山脚下有一对姐妹，她们种地的时候，看到路边有条受伤的小白蛇，姐妹俩见它可怜，就带回家放在罐子里精心喂养着。在姐妹俩的精心照料下，小白蛇的伤很快好了。

这天晚上睡觉时，姐妹俩商量，说小白蛇的伤都好了，可以放回山中还它自由了。说完，姐妹俩就睡了。晚上，她俩做了一个同样的梦，梦里小白蛇说，在竹山深处有条山谷，那是山神爷的聚宝盆，山谷里有一种喇叭状的小花，一种是紫色的，一种是蓝色的。吹紫色的花，打开山门；吹蓝色的花，关上山门。打开山门，可以看到里边有很多金牛，到时你们一人抱一头出来，就够你们吃喝一辈子了。但你们一定要注意，打开山门抱出金牛之后，要赶紧吹蓝色的花，把山门关上。不要让金牛看见太阳，否则它们会变成活牛跑出来。还有一点，这花花期特别短，早上天不亮就开放，太阳出来就凋谢，所以一定要在花谢之前把事办好，喇叭花一谢，山门就会自动关上。

小白蛇说完就不见了。姐妹心地善良，不愿独得金牛，决定让金牛变成活牛，分给贫苦的乡亲们，以后耕地就不用那么辛苦了。于是她们俩喊上乡亲们，一起找到紫色的喇叭花，滴滴答答吹起来。慢慢地，山谷裂开了一条缝，果然里边有很多金灿灿的黄牛。

不多时，阳光穿过山门，照在金牛身上，眨眼间，金牛变成了活牛，顺着山门向外冲，到最后一头时，卡在了门口，姐妹俩赶紧跑回去又推又拽，才把牛牵了出来。这时，喇叭花谢了，只听轰隆一声，山门关上了。姐妹俩被卡在了门口，在阳光的照耀下，姐妹俩变成了两棵喇叭花，一棵开紫色的花，一棵开蓝色的花。

乡亲们牵着牛回家了，每当耕田犁地的时候，人们都会记起这姐妹俩，为了纪念她们，就把喇叭花称为牵牛花了。

泼泼辣辣的牵牛花，到处都能安家落户，不需说特别种植的，就是不小心落下粒种子，也会在来年春天发出新芽，茁壮成长为一棵牵牛花。每当天蒙蒙亮的时候，公鸡啼过头遍，绕篱萦架的牵牛花枝头，就绽放出一朵朵美丽的花。在人们心目中，牵牛花是最勤劳的花，人们常拿它形容勤劳的人，因此它还有一个雅致的名字：勤娘子。

牵牛花代表着勤奋、泼辣以及坚韧的生命力，以梅妻鹤子著称的宋朝诗人林逋，对牵牛花也特别喜爱，曾作诗赞曰：

圆似流钱碧剪纱，墙头藤蔓自交加。

天孙摘下相思泪，长向秋深结此花。

相关知识：

牵牛花，属旋花科牵牛属，一年生缠绕草本，全株有粗毛，叶子三裂，基部心形。因为花酷似喇叭状，因此有些地方叫它喇叭花，花的颜色有蓝、绯红、桃红、紫等，亦有混色的，漏斗状，花瓣边缘的变化较多，花期以夏季最盛。果实卵球形，可以入药。种子称牵牛子，苦，寒，有毒，具有药用价值，泻水通便，消痰涤饮，杀虫攻积，用于水肿胀满、二便不通、痰饮积聚、气逆喘咳、虫积腹痛、蛔虫病、绦虫病等。

染色赤黄，人君所服

——柘树

中国的木料中，自古以来就有“南檀北柘”之说。“南檀”，指的是南方的檀木，与北方的柘树并称“帝王木”，可见其珍贵，从古至今，一直备受追捧。

近些年随着文玩的兴起，紫檀料更是人人耳熟能详，仿佛手上不戴串小叶紫檀的手串，在饭局上都不好意思夹菜，话虽然夸张，可也真实地反映了檀木的热度。

说到“北柘”，知道的人就不多了，甚至很多人都没听说过。是什么原因使得“柘木”能跟檀木相提并论呢？

柘树是桑科柘属植物，在民间俗称为柘桑、鸡脚刺、黄桑。柘木的生长速度非常慢，但寿命很长，只是能成材的却少之又少。柘树上寄生着一种长得像蚕却不是蚕的虫子，它们钻入柘树啃食，所以大多数柘树看上去很粗，树心部分却是空的，因此柘树大多弯弯曲曲，有“十柘九空”“十柘九弯”之说。弯也好，空也罢，柘树的寿命却很长，很多树龄超过五六百年。

为什么非空即弯的柘树，能与为古时皇家制作家具的檀木并称“帝王木”呢？

在古代，人们用柘树树汁染衣服，染出来的衣服呈赤黄色，而且不褪色。我们看到很多古装电视剧、电影中，皇室服饰都是黄色为主，大多人认为，黄色一直是皇家御用颜色。

其实，据史料记载，汉朝之初，皇室是崇尚红色的。古代颜色分正色和间色，正色包括青赤黄白黑五色，代表东西南北中五个方位，也对应金木水火土五行；间色则是由五种正色混合而成的颜色，通常情况下，正色代表尊贵，间色地位相对卑贱。在隋文帝之前，君王衣服的颜色都以红和紫为主。白色和黄色也是主色，为什么地位截然不同呢？这里有一个制作成本的问题，古代的布料都是植物染色，所有颜色中，白色完全不需要染制，是最容易获得也是成本最低的颜色，自然成为平民百姓

的不二之选，白色也因此成为底层人民的象征，所以用“白衣”“白丁”来称呼没有功名、官职的平民。其次是黄色，它也是获取成本较低的颜色，像槐花、栀子、荩草、黄栌、黄檗、柘木、地黄、桑皮、郁金、姜黄、石榴皮，甚至洋葱皮，都可以染出不同程度的黄色。既然如此，黄色为什么成为帝王的专用色呢？

这还得从隋文帝杨坚说起，作为一个以“艰苦朴素”著称的皇帝，杨坚一登基就下诏书规定“今之戎服，皆可尚黄”。所谓戎服，指的是隋唐时期流行的圆领袍，由胡服演变而来。不过这个黄，并不是我们印象中龙袍的那种明黄色，而是色泽略深、黄中带赤的“赭黄”，也叫“赤黄”或“柘黄”。

虽说黄色易得，但这种柘黄色，唯有柘树的树汁才能染出来，只是，当时的黄色还不是皇家御用颜色，到了唐代之后，隋文帝的喜好不仅被沿袭下来，还被发扬光大。到唐高宗时又明令禁止“士庶不得以赤黄衣服为发饰”，并标明天子明黄、太子淡黄，其他人使用黄色就是谋反，以此标榜“天无二日，国无二主”的至高无上的皇权。从此，“柘黄”成了皇家专用颜色。

自从黄色与平民百姓再无瓜葛之后，柘树就有了“帝王木”之称，柘树的地位也尊贵起来。“南檀北柘”一词不胫而走。我国有很多地名或者建筑群因有古老柘树的存在而得名，像柘城、柘沟、潭柘寺等均以柘树命名，可见其历史悠久。

柘树是桑科植物，但有别于桑树。柘树的叶片形状为倒卵形或者卵圆形，边缘为全缘或是有三裂；桑树的叶片形状为卵形或是广卵形，边缘会有锯齿。柘树的果实是球形的，橙黄色或者橘红色，表面微皱；桑树的果实为卵状椭圆形，成熟时颜色为暗紫色或者是红色，果期要比柘树稍早一些，成熟期也长一些，在五月到八月之间。

以前对柘树只有耳闻，从未目睹，及至去年春天，去竹山参观水景。在山顶上，一根树枝勾住了我的头发，我往下捋的时候，负责水景建设的李健元老师看到，他说我折断的树枝是黄金柘。

此时，草木尚未发芽，李老师怎么断定一根枯枝就是黄金柘的？再说黄金柘又是什么？李老师指着树枝的横截面说，你看树芯是黄色的，这是古代皇家专门用来染衣服的原料，它可是中国独有的名贵树木，因为生长缓慢，又难以成材，所以更加珍贵。关于柘树的传说，我知道的并不比李老师少，只是一直没听说竹山上还有这树。

“这就是传说中南檀北柘的‘柘’？”我再次跟李老师确认。李老师干脆地回答道：“是的，这就是《本草纲目》中提到的‘其木染黄赤色，谓之柘黄，天子所服’的柘树。”自此，我认识了柘树，也从此，竹山上的柘树成了我心中的一个念想，每到竹山总要去勘察一番。

柘树结果之前，我先在上山的路上发现了桑葚。今年夏天六月左右，我在竹山路边发现了几棵高大的桑树上稀稀拉拉地结了些桑葚，青红相间的居多，成熟的紫色桑葚并不多。

小的时候，我家里养过蚕，对桑葚并不陌生，桑叶可是蚕的美食。村里有大片大片的桑田，供副业队养蚕来食。每年夏天桑葚成熟时，孩子们就去桑地里摘着吃。竹山上这么高大的桑树，结的桑葚却非常瘦小。虽然瞧不上眼，我还是摘了几个尝尝，桑葚虽小，口感如小时候吃过的一样，青绿色的并没有什么味道，红色的有些酸，紫色的则是酸酸甜甜甚是可口。

到达山顶时，发现柘树也结了果，一个个金黄色的柘果，像小小的荔枝紧紧附在树枝上，样子虽说跟桑葚差不多，味道却苦极了，我放进

桑葚

嘴里尝了一个，就赶紧吐了出来。

回程路上，经由 “黄荆之路”时，在路边发现了为数不少的柘树，其叶也绿，其枝也扬，其果也丰，不禁哑然失笑，早知如此易得，我又何必大热天冒着中暑的危险跑到山顶，去寻找它的芳踪，真是好个“旧时王谢堂前燕，飞入寻常百姓家”。

相关知识：

柘树是桑科、柘属多种植物柘、构棘和柘藤的统称。被赋予特殊意义的柘树，仅指有帝王木之称的黄金柘。柘树高 1~7 米，树皮灰褐色，小枝无毛，略具棱，有棘刺，叶卵形或菱状卵形，偶为三裂，生于阳光充足的山地或林缘。

桑树，桑科桑属，落叶乔木。桑叶呈卵形，是喂蚕的饲料。叶卵形或宽卵形，先端尖或渐短尖，基部圆或心形，锯齿粗钝，幼树之叶常有浅裂、深裂，上面无毛，下面沿叶脉疏生毛，脉腋簇生毛。聚花果（桑葚）紫黑色、淡红或白色，多汁味甜。花期 4 月；果熟 5~7 月。

平生不识绣衣裳，闲把荆钗亦自伤

——黄荆

从竹山大道直行到中桥路段左拐向东，有一条小路，每年从五六月份开始一直延续到深秋，是这条小路最为风光的季节，因为在这条小北侧，满是黄荆花，我戏谑地将它命名为“黄荆之路”。

进入竹山，有两条路可走，一条是从中桥处统一乘坐竹山旅游观光车沿环山路，直达竹山生态谷后，便可自由游览。另一条路就是从中桥路段左拐向东，经由黑土夼村后到达竹山腹地，我更喜欢走这条路。

走这条路，除了可以领略沿途乡村的原生态风貌之外，还可以欣赏到小路两侧黄荆的美丽，花开的时节，一路香气馥郁、蜂飞蝶舞。

黄荆是一种多年生落叶灌木或小乔木，树形疏散，从根部开始分枝，分出来的枝条纤细，叶子却非常繁茂，边缘有较规整的锯齿，有七片和五片之分，竹山脚下的黄荆以五片叶居多。

黄荆叶子茂盛起来的时候，花期就到了，先是从叶片之间抽出细长的花茎，花茎的分枝很少，花序短小密集。黄荆味道很特别，类似于草香和药香混合的味道，有人不喜欢这种味，称它“臭黄荆”，我却喜欢这种淡淡带有苦涩的味道，比单纯的花香多了一份内涵。

有一次和五姐说起竹山黄荆，说到竹山的黄荆之路，一下子勾起她的兴趣，我们相约而至时，遗憾的是黄荆花期已近尾声。

记起前段时间我与好友崇敏去时，正逢黄荆花盛开。还未到中桥处，已先闻到黄荆花的香味，在阵阵山风之中，沁人心脾的花香弥漫着整条山路，看来赏花也是需要缘分的。

我记得那天，西斜的日光，照着蜿蜒的山间小路，一片浓郁的绿色衬托着淡淡的紫色花朵，高高的花穗上偶有蜜蜂飞过，我们迫不及待地下车观赏。来到跟前时，花香更加浓郁，细看这些小小的细碎的花朵，更加惹人爱怜。黄荆的花很小，小得如一粒小米，我们看到的一串串的黄荆花，是由成千上万朵花组成的花穗。黄荆边开花边结果，黑色的圆形果实，只是果实比花更小，两毫米不到的样子。

当时，我们出发时已是下午四点多钟，城区还是日色高悬，山中已感暮色浸染。一路上，青山如黛、翠色如茵。时令已近夏末，仍有零零星星的野花盛开在翠绿之中，远处的白云缭绕在障日山的山腰。障日山，这一座被苏轼称为“小峨眉”的山，其盛名远在竹山之上，可在我眼里，诸城境内，除却竹山再无山，尤其是那年杨宗亮老师另辟蹊径，带我们爬过竹山之后，这种感觉更加强烈。

竹山的这条山路，即使土生土长的诸城人，也很少有人知道。那天杨老师带我们先乘坐竹山观光车，从生态谷出发，沿山路西行大约五六分钟的车程，便来到了一处山脚下，杨老师告诉我们从这里开始就得徒步爬山了，大家多加小心，注意安全。

杨老师一边说，一边手脚并用拨开面前的灌木丛，带队前行。别看杨老师岁数比我们大，爬起山来，可比我们利索多了，用身手矫健来形容他，也绝不夸张。

鲁迅先生曾经说过：世上并没有路，走的人多了就成了路。可现在我想说，这山上也没有路，即使走的人多了，也难成为路。我们费力地扒开茂密的灌木丛，还未及走过去，又急不可耐地再次合拢，掩盖了我们走过的痕迹。

一路攀石拽藤，个个气喘吁吁，将近一个小时才爬到山顶，眼前豁然开朗。没想到以植被茂密著称的竹山，在山这侧却是巨石嶙峋，险要无比。一块块巨石组成的山道沿着山脉蜿蜒起伏，突兀耸立，目极之处，极尽陡峭，有的直插云霄，也有的平卧似床。行走在前边的人群，感觉他们即将与天际相接，一声声惊呼提醒他们小心，我也丝毫不敢大意，每踩一步都小心翼翼。这条山路看似奇险无比，攀爬时却有惊无险，每块巨石上可以同时容纳三到五人，只要我们步步小心，确保不踩空，不打滑，还是比较安全的。即使如此，我们仍然不敢大意，每行一步都保证踩实了，才挪动另一只脚，终于行至竹山最高处——天竹峰，杨老师让我们回头眺望……

来时山路上那些硕大无比的巨石，此刻全都匍匐在我们脚下，像一块块豆腐干，而蜿蜒连绵的山路像一条蛰伏的巨龙，横卧于竹山之上。听我们这么形容，杨老师接口道，传说中这确实是一条龙，是东海龙王的太子。当年东海龙宫发生海啸，致使水质污染，东海龙王派龙子龙孙四处寻找水源，其中一条白龙来到竹山之后，因为留恋这里的景色，误了回东海的时辰，结果就留在竹山再也回不去了。时长日久，便化为了

石龙盘踞于此。

传说，既是一座山的文化起源，也是它的灵魂所在，传说也让我们心生感恩，敬畏自然。竹山，近年树木得以葱茏，百业兴旺，无不与这里的环境、这里的水土、这里的传说有关。

站在山顶俯瞰整个竹山，此时，随着暮色袭来，空气也轻薄了许多，各种花香夹杂着夜风扑鼻而来，在花香中，黄荆花最浓郁。

黄荆的香气并不是只有开花的时候才有，它的叶和茎都有这种气味，只是在花期时候更浓郁一些。它的味道还有驱蚊的妙用。钓鱼或者爬山的时候，只要折一把黄荆在手，蚊虫不会近身。我经常折一大把黄荆放在车里，美其名曰“车载固体香水”，唯一的缺点是花朵太细碎，干了的黄荆花会随着颠簸散落到车里，很难打扫。

黄荆属落叶灌木或者小乔木，民间有句俗语，说它“千年锯不得板，万年架不得桥”，意思是永远长不大，成不了材，我们这里都习惯称它荆条子。

这些生长在巨石之间，看似瘦弱却顽强的生命，它们的躯干上千疮

百孔，在它们伤痕累累的树干上，抽出新枝嫩芽，开出绚烂的花朵，谁知道在它们生长的过程中，承载了多少重负。

我想起“荆钗布裙”故事中的孟光，当年她放弃优裕的生活，与梁鸿隐居，留下举案齐眉的佳话。

东汉初年隐士梁鸿进太学学习，完成学业后回家隐居，娶了孟财主女儿孟光为妻。婚后孟光放弃原本富裕的生活，随梁鸿到霸陵山区。与梁鸿一起生活时，孟光非常节俭。他以荆条作钗，粗布为服，梁鸿常以“拙荆”代指孟光，“拙”原本是愚笨的意思，在这里是梁鸿对自己妻子的谦称，荆则是梁鸿指以荆为钗的孟光，后来“拙荆”演变成为丈夫在外对妻子的谦称。

唐朝李山甫也在《贫女》诗中以“平生不识绣衣裳，闲把荆钗亦自伤”之句，慨叹一生穷困潦倒未能显达的感伤。这一切，都给黄荆贴上贫寒的标签，而我却更敬重它坚韧的生命力。

相关知识：

黄荆，落叶灌木或小乔木，叶片椭圆状卵形，中间的小叶片最大，两侧次第减小，先端长尖，基部楔形，全缘或浅波状，上面淡绿色，有稀疏短毛和细油点。下面白色，密被白色绒毛。圆锥花序，开淡紫的色，生于向阳山地。根、茎、叶、种子皆可入药。

客里不知春事晚，举头惊见楝花香

——苦楝

楝花，因为花开在春末，又有晚客之称，也因此有了“楝花谢尽，花信风止”的诗句。

老家村头有一棵苦楝树，每到春夏之交，开出一串串淡紫色的花朵，一朵朵喇叭状的花儿组成流苏状的花串，远看如云似霞，更有阵阵花香从伞盖般的树冠飘出，为贫穷而古老的村庄增添了无限

风情。

这么漂亮的花，怎么叫苦楝呢？宋朝罗愿在被誉为古代动植物词典的《尔雅翼》中说：“叶可炼物，故谓之楝。”因其味苦、可炼，因此得了苦楝之称。村子里很少有人喜欢它，形成鲜明对比的是那棵并不出众的老槐树，却是村里热闹所在，人们闲暇时常在老槐树下纳凉、聊天。

村里的老人说苦楝是被天子诅咒过的树。苦楝的花虽然漂亮，可它的果实、叶子和枝干都是苦的。尤其是果实成熟之后，腐烂后的果肉又黄又黏，令人非常恶心。

相传，朱元璋幼时家里很穷，一次逃荒时，在苦楝树下歇息。这时，成熟的苦楝果接二连三地落在朱元璋头上、身上，又黄又黏的果肉粘在身上擦也擦不掉，搞得他十分狼狈。他心想真是人倒霉了，连树都来欺负，没好气地对着苦楝树骂道：“你这黑了心的烂树，活不到过年的！”

朱元璋是谁啊？别看现在逃荒要饭，那可是未来的皇上，真命天子！绝对金口玉言，一言九鼎。苦楝树被朱元璋骂过后，虽然内心极其委屈，却也得遵从。从此每年过冬之际，整株树就凋敝败落，要死不活的样子，就像真死了一样，熬过冬天，又慢慢缓过来，抽枝发芽。因此，苦楝树开花比较晚，也因此得了个晚客的雅称。

苦楝树是典型的乡土树种，历代文人对它很是欣赏。宋朝诗人张蕴曾有诗赞曰：“绿树菲菲紫白香，犹堪缠黍吊沉湘。”杨万里有诗：“只怪南风吹紫雪，不知屋角楝花飞。”元朝诗人朱希晦也曾题诗：“门前桃李都飞尽，又见春光到楝花。”

在百花过后悄然绽放的苦楝花，以其娴静雍容的姿态绽放，怎能不引得文人墨客争相吟咏。苦楝，发音与苦恋相似，从字面上理解，本身带有一种惆怅的意境，文人们借此表达游子在外的思乡之情，也就不足为奇了。

苦楝树的花虽然淡雅，但因苦楝味苦名字又不雅，人们唯恐被它拖累成“苦味一族”，几乎无人在宅院园庭种植苦楝，甚至除之而后快。

在中国备受冷落的苦楝树，在印度却被封为至宝。印度常年发生病虫害，造成无数生物濒临灭绝。可他们发现，无论多么严重的病虫害，苦楝树几乎都不会沾染。经过观察、实验，人们发现这种树自身具有消炎、抗细菌、防虫害及蚊虫等功效，而且这种树几乎全身都可入药。树干渗出的汁液闻起来苦喝起来很甜，还可以治疗各种溃疡。果实榨的植物油，能治疗麻风、皮肤病和急慢性风湿病。树叶能提炼活性化合物，可以防虫、消炎、镇痛，促进伤口愈合。印度人还用苦楝树做牙膏、洗面奶、香皂和净化血液的保健药，或者干脆用苦楝树叶泡水喝，解暑健身。在印度街头经常看到有人挑着整担的苦楝枝叫卖。人们甚至直接用苦楝树枝刷牙，树枝本身是牙刷，分泌出的汁液就是牙膏。

苦楝树对生存环境要求并不高，它耐干旱、瘠薄，但在深厚、肥沃、湿润的土壤中生长最好。果实成熟大约在 11 月份，没成熟时的苦楝是绿色的，样子有点像枣子，我们老家称它楝枣子。成熟时，常见村里的人到树下捡楝枣子，捡来后用瓦罐在灶下炖水喝。

当时只听说喝楝枣子水治病，至于治什么病，已是无从知晓。

后来离家多年，再回家时村头的苦楝早已不知所踪，没有了苦楝树的家乡，总觉得是不完整的。直到有年春天，在朋友圈看到桃林土楼村周振华书记发了一组“苦楝花开”的照片，那种亲切、熟悉的感觉扑面而来，我顿时心生安慰。苦楝树，在我的家乡喜欢它的仍有人在。虽然当时未能一睹苦楝树花开的风采，在心里已是千万遍的亲近它、欣赏它、抚摸它，它依然是我心中的圣洁，不曾远去也未曾枯萎。

我曾在雪后的山路拐角处，看到一棵孤零零的苦楝树。冬日明晃晃的阳光下，黑色的树枝、金黄的果子掩映着洁白的雪花，每个果子上都顶着一层薄薄的积雪，风一过，雪簌簌地落下，苦楝子依然坚强地挂在枝头，长长的果柄，充盈的果实，随着风声越来越紧，树上的雪渐渐稀少及至毫无踪迹，自始至终，却不曾有一颗苦楝子落下来。

我深知，只要熬过冬天，等春天来临，苦楝树就会发芽开花，我们会再次欣赏到它的美丽。

相关知识：

苦楝，又称苦苓、金铃子、栴檀、森树等，为楝科落叶乔木，高 10~20 米。树皮暗褐色。生于旷野或路旁，常栽培于屋前房后，在湿润的沃土上生长迅速，对土壤要求不严，在酸性土、中性土与石灰岩地区也能生长，是平原及低海拔丘陵区的良好造林树种，在村边路旁种植更为适宜。

爰有树檀，其下维穀

——构树

枳沟境内最有名的山是庙山。清朝重臣刘统勋曾为庙山题句“八宝朝阳洞，九顶莲花山”。如今，山，依然连绵起伏，从高处俯瞰，九座山头高低错落，似一朵盛开的莲花。只是传说中的朝阳洞，现在只留下了一个洞口，我们都称它庙山洞。很早以前，朝阳洞还叫桃花洞，在西边的洞口上依然可以看见“桃花洞”三个字，只是桃字是上下结构：上木下兆。桃花洞香火长年不断，清乾隆《诸城县志》载：“石屋山有岩穴连广若屋，涧口有寺，寺旁泉汇为沼，岸植果卉，县人张侗、徐田辈昌咏其胜，亦小有天矣。”当时的盛景我未曾见过，唯有每年三月三的“香火会”，倒是去过。

这些我们并不感兴趣，我们一帮小伙伴把庙山视为取之不尽用之不竭的乐园。每次爬山，兴致勃勃地采野花、摘野果，酸枣、山葡萄、野草莓、菊花、茱萸都是我们猎取的对象，唯一漏网的，就是山上的构树。至今我仍都不得其解，为什么如此美丽可口的尤物，我们对它却从不觊觎。

在庙山随处都能见到构树的身影。构树的果实是聚花果，有点像草莓，我们称它为“树上的草莓”，那时还没见过杨梅的样子，其实它跟杨梅更像一些。贪吃的我们，却从来没想过去摘一颗尝尝，是它太过高大还是太过妖娆？不仅小时候，即使现在，前几天去山上拍照时，仍然没有品尝的欲望。直到现在，构树的果实到底是酸是甜，对于我来说，还是未知。只是在萧瑟的秋末里，高大的构树上挂满或红或绿的果实，那景象真的非常抢眼。

构树有很多别名，构桃树、楮树、沙纸树、谷浆树、假杨梅等。《诗经》中称“榖”，李时珍解释说，在古时楚地，俗称乳汁为“榖”，构树的枝条折断后，会流出乳白色的汁液，所以叫榖树。《诗经·鹤鸣》曰：“乐彼之园，爰有树檀，其下维榖。”意思是，我所喜欢的那个园子里，不仅有高大的檀树，檀树下面，还有细小的榖树长出来。

《山海经》里称它“迷榖”，是十大神树之一。《山海经·南山经》曰：“南山经之首曰鹊山。其首曰招摇之山，临于西海之上。多桂，多金玉……有木焉，其状如榖而黑理，其华四照。其名曰迷榖，佩之不迷。”我还从来不知道佩戴构树木可以不迷路，如果真有这么神奇，我这个路痴，肯定会奉为至宝。但《山海经》中的传说非神即怪，当不得真。

构树的适应能力非常强，不仅生长快速，繁殖能力也非常强，只要它的种子落在地上，在温度、湿度适宜的情况下，就会萌芽并且迅速长大。唐人段成式在《酉阳杂俎》说庄稼地荒废时间长了，就会有构树长出来。宋人罗愿《尔雅翼》引用段成式的话“榖田久废必生榖”，意思是榖田若是荒了必会生出榖树。

“榖”与“穀(谷)”同音，字形极近，只是一个下边是“禾”字底，一个是“木”字底。现在两个字合为一个“谷”字，意思是谷类粮食作物

的总称。但它以前是以树的身份出现时，绝不是谷子的谷，如果是谷字的谷，武大郎“三寸丁，榖树皮”的外号，就讲不通了，因为三寸丁说的是武大郎个子矮；榖树皮，因为构树树干粗糙且有很多纹路，以此形容武大郎的丑陋。中国自古有以香草喻美人的传统，那么与之相对的也就只能是“以恶木喻丑人”了，所以“榖树皮”就被小说家贴在了武大郎脸上。

苦楝因为在成熟季节落在朱元璋身上就被天子诅咒；构树因为汁液能治病，常遭人们刀砍斧劈，称它“挨千刀的”，不仅如此，在《诗经》中，构树一出场就得了个骂名，“榖，恶木也”。

相传商朝的第九任君主太戊贪图享乐。眼看着祖宗的基业要毁在他手里，相国伊陟万分担忧，但也深知苦口良言主子肯定都听不进去。

伊陟整天琢磨着怎么劝主子。事有凑巧，一天，都城的朝堂之中长了一棵大树，只用了七天七夜，就长得无比粗壮。人们纷纷议论，这是不是天降异象？——我大商要亡？！商王听了臣子的议论，心里也很害怕，就问伊陟：“相国你怎么看？！”伊陟眼睛咕噜一转，回答道：“这树是‘桑榖’，是恶树！七天就长那么大，定是妖孽！”商王一听更害怕了。伊陟话锋一转，说：“自古再厉害的妖怪也害怕有品德的明君，所以只要您好好治理国家，妖孽也不敢作恶作歹！”一席话听得商王恍然大悟：“相国说得对啊！”于是，他就改邪归正，从此成了一代明君。

这就是“穀”树恶名的来历。构树虽然被称为“恶木”，对人类的贡献却是巨大的。

构树还有一个名字叫“楮桃”，这个名字与果实有关。被称为“桃”的果实肯定是可以食用的，有人说构树果实香甜，不仅鸟儿爱吃，虫蝇之类的昆虫也极喜欢，因此我们所见到构树的果实，少有是完整的，它们早早就被鸟儿、虫儿掠食，人类就很难有争食的机会了。

构树花期在每年的四五月份，雌雄不同株，雌花跟雄花迥然不同。雄花是柔荑花序，有点像杨树花，形状像毛毛虫的那种花；雌花则是球形的，成熟后结圆形的果实，就是人们称为“树上的草莓”“假杨梅”的那种果子。

构树的汁液是乳白色的。这种汁液用处之多，常人都想不到，道家用来团丹砂，佛家用来粘经书，医家用来治皮癣。过去，连小孩子都知道构树皮中藏着药，身上若是长了癣，爬到树上，折断树枝，或者用刀划破树皮，把汁液涂抹在患处，嘴里念念有词：“白汁子，当膏药，不到三天就好了。”因为树皮经常被割破，构树身上伤痕累累，人们说它是“挨千刀的”。民间俗语“门前不栽桑，屋后莫栽构”，原因就是桑与“丧”谐音，不吉利，构树因为“挨千刀的”的称谓，也怕不吉利，所以极少有人在庭院里

栽构树。

构树皮还是我国古代最主要的造纸原料之一，不仅仅是平时用的高档纸张是用构树做的，宋代时的纸币——“交子”，用的也是构树纸。现在一些国家，造纸币用的纸仍然有构树的成分，因此，构树还得了一个“钞票树”的名号。

晋人郭璞在注《山海经》时，除了说榖树是楮树，还说出了它的第三个名字：构树，也就是现在大江南北都沿用的名字。

不管是榖树、构树，还是楮桃，我并不在乎这些称谓，我只欣赏诗歌里的山水草木。展卷而读，陈子展先生在《诗经直解》解读《鹤鸣》：“《鹤鸣》，似是一篇《小园赋》，为后世田园山水一派诗之滥觞。如此小园位于湖山胜处，园外邻湖，鹤鸣鱼跃。园中檀构成林，落叶满地。其旁有山，山有坚石可以攻错美玉。一气写来，词意贯注。诗中所有，如是而已。”陈先生不区分檀树、构树的善恶，一视同仁，而我们，在生活中，是否能透过人云亦云的表象，辨清事实的真相?

相关知识：

构树，别名楮树、楮实子、沙纸树等，落叶乔木，高 10~20 米；树皮暗灰色；小枝密生柔毛。树皮平滑，浅灰色或灰褐色，不易裂，全株含乳汁。为强阳性树种，适应性特强，抗逆性强。

构树具有速生、适应性强、分布广、易繁殖、热量高、轮伐期短的特点。在中国的温带、热带均有分布，不论平原、丘陵或山地都能生长，其叶是很好的猪饲料，其韧皮纤维是造纸的高级原料，材质洁白，其根和种子均可入药，树液可治皮肤病，经济价值很高。

冬叶夏却苦，独质众卉无

——夏枯草

每年春末夏初，我都胃口不好、厌食，持续很长一段时间。母亲说我苦夏。

每当这时，母亲就让我们去河边或山林里挖一种叫夏枯草的草煮水喝。小孩子并不具备分辨草药的能力，母亲之所以放心让我们去，因为这种草很容易分辨，夏枯草，夏枯草，意思是过不去夏天的草。

盛夏来临之后，先是果穗，而后整株植物就会干枯成棕褐色，直到来年春天再次发芽抽穗，夏枯草因此得名。我挖来煮水喝过后，苦夏厌食症状得以缓解。

后来查证资料得知，夏枯草具有清

热解毒、清肝泻火的功效。每当夏季来临时，气温上升导致阳气上升，继之肝火旺盛，肝火旺导致胃口不好，用具有清热解毒、清肝泻火的夏枯草熬水喝，自然很有效果。

因为夏枯草一到夏天就枯死的特性，还曾经差点冤枉了一个好郎中。

从前，村里有个秀才，他的母亲脖子上长了个大包，开始没怎么在意，直到脖子肿得又粗又大，才意识到严重，于是四处求医却不见效果，到后来，脓水直流，大夫说这是瘰疬，怕是治不好了。

瘰疬，西医称为颈淋巴结核，现在已经不算是疑难杂症，但在医学不发达的从前，那可是要命的大病，《黄帝内经·灵枢·寒热》中记载：“寒热瘰疬，在于颈腋者。”意思是在颈部皮肉间可扪及大小不等的核块，其小者为瘰，大者为疬。因为它们像一串串连起来的珠子，所以称为瘰疬。刚开始像豆粒一般大小，并不觉得疼痛，后来逐渐增多，直到最后会化脓、溃烂，脖子上常常流着脓水，经常烂得像老鼠洞，因此又有“老鼠疮”之称，在旧时有“十疬九死”之说。

庆幸的是秀才和他的母亲都很幸运。有天傍晚，村里来了个郎中。路过秀才家门口时晕倒了，秀才的母亲正巧看到了，急忙喊来秀才把他抬到屋里，又把刚做的疙瘩汤喂给郎中喝。

喝过热乎乎的疙瘩汤，郎中没一会儿就醒了，他十分感激母子二人的救命之恩，当他看到秀才母亲脖子上的病，即出手治疗，开出的药非常简单，就是长在山上的一种草。

秀才又惊又疑，惊的是母亲的病能治，疑的是治了大半年都没好，一个过路郎中能有这么大能耐？翌日天一亮，郎中就上山了，挖回来一种开着紫色花穗的草，让秀才熬好汤给他母亲喝。

自此，郎中借住在秀才家，白天在附近行医，回来时顺带一把这种草，吩咐秀才好好熬水给母亲喝。母亲的脖子一天天见好，从开始不流脓，到消肿，半个月过去了，母亲的脖子竟然全好了，秀才和母亲都对郎中感激不尽。

郎中要走了，临行前他带秀才到山上去，指着一种圆形叶子、开着紫色花儿的野草说："这就是治好你母亲瘰疬病的草药，千万记住，夏天一过，它们就会枯死，你若要用，得早早采集。"秀才想母亲的病既然好了，就没往心里去。

恰巧这年秋天，县官的母亲也得了瘰疬，久治不愈。孝顺的县官为了给母病治病，四处张榜求医。秀才看后，胸有成竹地前去揭榜，说他能治好这病。揭榜后秀才就去山上采郎中说的那种草，可他寻遍了整座山，一棵也没有找到。秀才不但没有得到赏金，还被县官当众打了五十大板。

第二年春末，郎中再次来到村里。秀才埋怨他："恩人，你施了什么魔法，自你走了之后，那种草药就全不见了，害得我挨了五十大板。"郎中听后摇头叹道："哪有什么魔法，走时我就告诉你，夏天一过，这草就会枯死。"秀才将信将疑。

郎中只得带着秀才上了山，此时满山遍野尽是盛开着紫色花儿的药草，秀才这才恍然大悟，知道冤枉了郎中。为了吸取教训，他就把这草药命名为"夏枯草"，以此提醒人们这种草药只在春末夏初才能采得到。

夏枯草是多年生的草本植物，喜欢光照充足又湿润的环境，每年三四月份开始萌芽。此时，春风和煦、万木葱茏，在一场场春雨中，大地一片欣欣向荣，夏枯草也因为雨水的滋润，挺拔茂盛。新长出的枝叶呈浅绿色，毛茸茸的叶面，像极了初生婴儿的脸，在阳光的照耀下，叶片逐渐变得厚实，根茎也渐渐粗壮，长到 15 厘米左右时，才冒出翠绿色的花穗，若是不仔细看，还以为是一整串，但细心的人会发现，这些花穗是由一簇一簇的小花组成。一朵朵浅紫色的花朵紧紧依附在花柱上，晃眼看去，极易与益母草混淆，若不是益母草的花期比夏枯草晚一些，很难辨别。

和益母草相比，人们对夏枯草的认识可是极少极少。夏枯草是最早被用来治疗结核病的。在《神农本草经》早有记载，比西方抗结核药更早了几世纪。《植物名实图考·夏枯草》云："余谓兹草不与众卉俱生，不与众卉俱死，有独立之概，乃为赋。"又有："苕黄箨零，乃蕃滋兮。苦雾悲泉，甘以怡兮……百英炜煌，独沉寂兮。非无惧无闷之俦，孰能敌兮。"这些极高度的评价，夏枯草当之无愧。

我国每年出口的夏枯草不在少数，人们用它们泡茶预防夏日疮毒、疖子，还有人用夏枯草治疗高血压，效果非常显著。夏枯草是否真有这么多疗效，我不是医学家，没去探究过，但我苦夏厌食，因夏枯草而得以改善却是千真万确的，因此，每当看到夏枯草，都倍感亲切。

今年夏天，在竹山上偶然发现了夏枯草。那天我是去找蔷薇花的，竹山是蔷薇花的花海，只可惜我去晚了，蔷薇花已落败，残余几株美则美矣，可惜有些落寞，当我悻悻然下山时，在小木屋处遇到了大片的夏枯草。

此时，正值夏枯草盛花期，浅紫色的花朵在大片的绿色中，茕然独立。它们独立成株，却又接连成片，既具有独株植物的孤独美，又拥有成片的壮观美。

我不知道这里怎么突然冒出大片的夏枯草，但当我极目四望时，发现在竹山的每一寸土地上，都有独特的植物生长，想起竹山旅游发展公司王希明经理讲过的“不砍一棵树，再造万亩林”的发展理念时，我不禁释然，因为这里的人，对自然界中的一切，都无比珍视。

保护自然，敬畏大山，尊重天地间的一切生物，是竹山人秉承的宗旨，也是我们每一个人应尽的责任和义务。

相关知识：

夏枯草，别名麦夏枯、夕句、乃东等；多年生草本植物，匍匐根茎，节上生须根。茎高达 30 厘米，基部有分枝，花浅紫色。生长在山沟水湿地或河岸两旁湿草丛、荒地、路旁，广泛分布于中国各地，以河南、安徽、江苏、湖南等省为主要产地。

管领东风知几春，
也将俗态染香尘

——金雀儿

竹山深处，丛生着一种灌木小花，它们外观精致小巧，花形别致，尤其是旁分的两片花瓣，像一只只展翅欲飞的鸟儿，人们因此给予了它一个鸟儿般的名字：金雀儿。

金雀儿以鸟儿的姿态站立在原野上，每天用“翱翔的双翅”迎接太阳的升起，可是，它终究是一株植物，是飞不起来的。每次见到金雀儿，我的心里都会莫名的悸动，是谁给了灵动的思想，却又禁锢了它飞翔？

春天的山中，是花儿的海洋。春天的风，像恋人的手，轻柔温暖，

它吹开柳树上的嫩芽，吹绿山涧的溪水，吹红了碧桃、山杏，花儿抢占枝头，溪水一路“哗啦啦”唱着春天的歌谣，向山外奔涌。脱掉棉衣的人们，却三三两两地来到山里，寻找春天的信息。

这就是春天，一个万物生长的季节。

此时的金雀儿却是沉睡的，唯一能感受到它生命存在的，是它纤细的枝条，经了春风的抚摸，变得柔软轻盈，直到三月后才慢慢开始发芽，孕育花朵。

真正等到金雀儿的花期，要到春末的四月份。一经绽放的金雀儿，是热烈奔放的，一簇簇耀眼的黄色花朵挤满枝头，远远望去，只见一片金黄。虽然隐藏在大片大片葱茏的绿色之中，却又黄得那么耀眼，那么肆无忌惮。

我从小喜欢这耀眼的金黄色，每当太阳的光芒洒在金雀花上的时候，感觉山都变了模样，那些嶙峋的山石，此刻仿佛都有了灵性，要不怎么会有那么多的花朵开放？此刻，若在它身边说话或唱歌，会看到它的花瓣在微微颤动，像一颗敏感的心，在倾听世间俗事。

金雀儿初开时，是山中最热闹的时候。未落尽的山桃依然卖弄着姿色，初开的石榴花，仍然保留着最初的清香。此时，它们都在枝头俯视。夹杂在这些众花之中的金雀儿，虽矮小，却不卑微。经了一场风，历了一场雨，桃花不见了踪影，山楂也销声匿迹，唯有金雀儿依然开得灿烂。金雀花虽然开得晚，花期却特别长，要到每年的十月底才结束，几乎有大半年的时间都是金雀的花期，可以说它的花期霸占了几个季节。

据说金雀儿是一个被爱情禁锢的少女变成的。

相传在竹山深处，有一家善良的老夫妇，一直没有孩子。他们经常唉声叹气。有一天，他们从山中捡回来一只受伤的金丝雀，经过精心喂养，金丝雀痊愈了，在放飞它的时候，俩人说这辈子他们就是有只小鸟也好啊。

已经飞走的金丝雀在听到这话后，又飞回来，在他们头上盘旋了三圈又飞走了。那天晚上，老妇人做了个梦，梦见金丝雀飞到她怀里。过了没几天，老妇人发现自己怀孕了，她惊喜万分，说这肯定是金丝雀来报答他们的。

十月怀胎，一朝分娩。老妇人生下了一个女孩子，老两口给孩子起名：金雀儿。长大后的金雀儿不仅出落得水灵灵的，歌唱得也像金丝雀一样婉转动听，是个谁见了都会喜欢的好姑娘。

竹山深处有户非常富裕的人家，他的儿子祝灵听说金雀儿长得非常漂亮，越过了九十九座高山，蹚过了九十九条河，来到金雀儿家求亲。金雀儿被他眼里的温柔与爱意打动了。她想同他一起走，永远享受着这感觉。

金雀儿跟随祝灵来到他的家中，祝灵为她准备了许多她喜欢的东西，有吃的、喝的，还有装饰品，金雀儿开心得不得了，她为自己找到真正

爱而幸福。

有一天，祝灵家里来了很多客人，他们喝酒、唱歌，玩得不亦乐乎。金雀儿也被他们感染了，也展开歌喉唱了一首歌。金雀儿一开口，就把现场的人都震惊了，她美妙的歌声，配上无与伦比的旋律，让人啧啧称奇。

从此，不仅祝灵的朋友，此处远近的人都来听金雀儿唱歌，金雀儿开心得不得了，她以为自己为祝灵赢得了荣光。有一天，有个人听歌听得都迷醉了，两眼直勾勾地盯着金雀儿，金雀儿出于礼貌，对他粲然一笑。这一笑，勾起了祝灵的怒火。祝灵在心里暗暗发誓：金雀儿是他的，谁都抢不走。从此以后，祝灵不仅再也不邀请朋友到家里来听金雀儿唱歌了，他还把金雀儿关在房间里，哪里都不许去。

渐渐地，失去歌声的金雀儿憔悴了，整个人无精打采。祝灵看到金雀儿这个样子很心疼，他对金雀儿说："之所以这样对你，就是让你乖乖地在我身边，别人才不会伤害你，打你的主意。我是多么地喜欢你啊，不想让你离开我，真的，相信我，我做的都是为你好。"说着说着就流下了两行泪水。

金雀儿别无选择，她只能对祝灵苦笑着说，是她的行为太过轻浮，并表示从此不再唱歌。可是，不唱歌的金雀儿是孤独的、郁闷的。过了没多久，金雀儿郁郁而死。

这时，祝灵才知道他这样对金雀儿是不对的，要想真正拥有她，就要给她足够的自由，他在金雀儿的墓前哭晕过去，可是，这一切都已经晚了。

第二年，祝灵再次来到埋葬金雀儿的地方，发现这里开出了一片金黄色的小花，样子像极了金丝雀。他抚摸着这些金黄色的花朵，似乎听到金雀儿对他悄悄耳语：

我不怪你以爱的名义囚禁我，因为当时我也深深地爱着你，但是我更向往蓝天，这是我的天性，谁也无法改变，或许有一天，我们会再次相遇，那时也许我还是一只骄傲的金丝雀，但依旧属于自然。

人们说这花是金雀儿姑娘变的，就直接称它为金雀儿了。

金雀儿是一种豆科金雀儿属落叶灌木植物，喜欢生长在山坡或灌丛中，喜欢有阳光的地方，既能耐得住严寒，也能耐得住干旱与贫瘠。宋代翁元广曾有诗称赞金雀儿：

管领东风知几春，也将俗态染香尘。
有人不具看花眼，恼杀飘蓬老病身。

相关知识：

金雀儿，落叶灌木，因花多为黄色或金黄色，形状酷似雀儿，故得名。高达 0.8~2 米；小枝细长，有棱；长枝上托叶刺宿存，叶轴刺脱落或宿存。叶状复叶互生，花单生，橙黄带红色，谢时变紫红色，旗瓣狭长，萼筒常带紫色。

金雀儿主要产于我国北部或东北部的山坡或灌丛中。喜光，耐寒，耐干旱瘠薄。

一花一世界，一叶一如来

——老鹳草

老鹳草，名老鹳不似老鹳，却能治老鹳。意思是说老鹳草长得不像老鹳，却能给老鹳治病。

老鹳草，也叫老观草，古时候的人识的字不多，就以自己习惯的方式速记一些生字。其实，传说有种鸟叫老鹳，长年累月在水中捕鱼捞虾，因此风湿入侵得了风湿病，它就啄来一种草药给自己治病，这种草就是老鹳草。

老人们喜欢叫它鸭脚草，只是我从哪里看它都不像鸭脚，或许老人把老鹳当成鸭？老鹳草像老鹳鸟一样，喜欢生长在湿润水汽充足的地方。前些年，我在竹山上没有发现它，今年可能是雨水多的缘故吧，我竟然在竹山好几处地方都见过它。

今年春天，我循着小木屋处的木栈道南行时，在路边发现了它。当时，还不到开花的季节，我并未留意，直到秋天，花谢了之后，我才发现，竹山上竟然有老鹳草生存！这是医治风湿类疾病的良药。相传，药王孙思邈在四川峨眉山时，遇到一位前来求医的病人。病人是一个 40 多岁的男子，住在岷江岸边，长年以打鱼为生，天久日长得了风湿病，每当天寒阴湿时便两腿红肿、关节僵硬，周身疼痛，行动不便。

孙思邈先用自己配制的药为病人治病，可过了一段时间后却没有什么效果。于是，孙思邈又到山上采摘治疗风湿的草药，可令他失望的是，这些草药也未能使病人的病情有所好转。

有一天，孙思邈又去山上采药，无意间看到一只老鹳正在山崖上啄食一种草。他想，老鹳长年累月生活在江河湖泊中，时时遭受阴湿之气的侵袭，为何不得风湿？莫非老鹳啄食的草有治疗风湿的功效？想到这儿，他迅速攀上山崖，将老鹳啄食的那种草采回，用水熬成药汁，让病人服下。病人在服用一剂后疼痛减轻，服用两剂后红肿消退，服用五剂后就能自主走路了。

孙思邈为找到了能治疗风湿的草药而高兴，可是不知道这种草药叫什么名字，因为是老鹳帮自己找到的药草，所以，孙思邈便把这种草命名为“老鹳草”。

植物是最早得到季节消息的。老鹳草的春天，是从四月份开始的，从第一片叶子萌生开始。四月的风，穿过季节，吹拂着田野山间，山中踊跃而来的一丛丛绿，一簇簇红。老鹳草就夹杂在这红绿之间，悄然而生。

有个路过的孩子不知被什么绊了一跤，恰巧就摔在老鹳草上，爬起来的孩子掐了一片叶子塞进嘴里嚼着，浅粉色的蓬蓬裙在嫩绿色的山中飞舞。我刚想说这是一个多么温暖、熟悉的场景，想起小时候经常在山里窜来窜去，山里的花花草草，可以食用的基本都往嘴里塞过。可随行的母亲立即呵斥孩子：“赶紧吐了！脏！”浅粉色的蓬蓬裙被突然的呵斥吓得赶紧吐了。

我有些悻悻然，到底是卫生重要还是对自然的探索重要？记得上初中时，常常跟同学逃课到这学校东边是一条河边玩。村里人称那条河为向阳河，河边一年四季花开不断，布布丁、车前草、狗尾草等，虽然不起眼，却也构成了一个轮回，老鹳草就是其中一员。

记得有一次，我们又来到河边，天气还不很热，正是老鹳草开花的季节，亭亭玉立的枝干上，分出的枝叶星星一般。同学骗我说这是四叶草，我信以为真，还问他：“说三叶草是幸运草，如今我们遇到了四叶草，是不是更幸运？”同学点点头，说：“是的，我们是世界上最幸运的人。”

既然如此幸运，我们肯定要把幸运草带回学校，分享给更多的同学。非常不幸的是，当我们带着大把的“四叶草”回学校时，被老师发现了，老师问我手里拿的是什么，我说是“四叶草”。老师笑了，他说这是老鹳草。老鹳草？这名字跟四叶草的区别也太大了吧？

老师见我疑虑，找来一本《滇南本草》，翻开书本指着上边向我们讲解道：“祛诸风皮肤发痒，通行十二经络。治筋骨疼痛，风痰痿软，手足痉挛麻木，利小便，泻膀胱积热，攻散诸疮肿毒，退痨热发烧，治风火牙疼，疥癞痘疹等症。兼解诸痨热，其应如响。敷跌打损伤，能定痛治瘀。”

真是不看不知道，原来老鹳草还能治这么多病。“老鹳草还有仙草之称呢。”老师见我们一脸惊异，继续说起故事：公元 1252 年，元世祖忽必烈率大军攻打大理，大将兀良合台奉命率军迂回截击，惯于马上征战的将士不得不徒步翻越连绵群山，行至一个叫“枯门岭”的地方，瘴气湿气弥漫，将士病倒大半，腰疼腿麻，关节肿胀，大军困于山中不能前行。

忽然在山林中抓到一人，经审问，才知是一个采药的郎中。将军非常恭敬地请他为将士治病，只见郎中献出一验方，并指引元军就地取材，采挖药草，捣烂成泥，敷于病者患处及相关穴位，第二天即伸屈自如，驰骋疆场。

全军上下，无不感到惊奇，都认为是神仙在帮助大军，这些药草也被称为“仙草”。

传说中的老鹳草，都生长在南方，它们是什么时候迁移到了北方？是随鸟儿还是流水，我们都无从知晓。如今，几十年过去了，我们也从少不更事的青涩少年成人夫、为人妇，老师也成为须发皆白的老人，至今仍然记得，他没有因为我们逃课而过度惩罚，却是就地取材引导我们探索自然，认识自然。

相关知识：

老鹳草，牻牛儿苗科牻牛儿苗属。多年生草本植物，生于海拔 3200~4300 米的山地森林、灌丛和中、高山草甸。花期 6~8 月，果期 8~9 月。

未出土时先有节，及凌云处尚虚心

——竹山翠竹

古人曾有言“宁可食无肉，不可居无竹”。这句话，足以说明竹子在国人尤其是文人心中的地位。确实，竹子四季常青的碧叶、挺直萧疏的枝干和笔直虚空的竹竿，都被历代文人吟咏、称颂。以“劲节”，代表不屈的气节；以“虚空”，代表谦逊；以“萧疏”，代表超群脱俗，对竹子的种种赞颂素来不乏。的确，竹子是秀美的、俊朗的，遍观中国园林，几乎无园不竹，没有哪座园林没有竹子的点缀，仿佛缺少了竹子，就少了韵味。

可是以竹命名的竹山，以前是没有竹子的，金盛元公司入驻竹山之后，董事长刘淑刚先生在竹山遍植绿竹子，另当别论。

据当地人讲，竹山之名，有多个版本的传说。只是一直没有机会聆听。一座山的魅力，除了风景优美，还在于有人文传说。山因了传说更加神奇，传说因为有了山的载体，变得生动具体。竹山也不例外，竹山的传说似乎更多一些。

今年正月，应李健元老师之邀，到竹山参观他根据传说复原的水景。借着这个机会，我问李老师：“竹山无竹还以竹为名，是什么原因？”李老师呵呵笑着说：“竹山之名有两个传说，你要听哪一个？”我肯定两个都想知道。

他说竹山之名，先是拄山，后来演变成了竹山。

相传，二郎神用扁担挑着两座山，赶着太阳往西走，走到这里时，一是走累了，二是觉得景色不错，想弯腰歇歇脚，可一不小心，前边的山从扁担上拄下来，后边的山也随着撸了下来，二郎神气得一跺脚，指着这两座山叫道：“什么玩意！一座拄山！一座撸山！”（竹山东侧另有一座名为卢山的山，传说为卢敖隐居地。）

从此，拄山、撸山就在这里安家落户了。叫着叫着，拄山就叫成了竹山，撸山就叫成了卢山，这是竹山的传说之一。

正说着，李老师打开了水房里的水闸，不一会儿，一股清泉自山上倾泻而下，初时，水势缓慢，不多会儿水势越流越急，沿山林流下似金石撞玉，又有山风裹挟，风连着水，水带着风，扑面而来。随着如雾的水汽，李老师讲起了另一个传说。

从前，有个走街串巷的货郎，有一次走到竹山的时候，又累又渴。他见山中泉水清澈，捧着喝起来，等他喝足了水，发现泉眼里竟往外流

铜钱。货郎大喜，急忙一把一把往外捞，把口袋全都装满了，铜钱还是不停地向外流。他有心回家放下再回来取，又怕铜钱被别人捞走，情急之下，搬了块大石头把泉眼堵死了，这才急忙回家招呼家人，赶着驴车来拉铜钱。

等货郎带着家人再回来时，发现不仅铜钱没了，连泉眼都不见了。人们听说这件事后，非常生气，都骂货郎自私、贪心，就把气撒在山身上，喊这座山为“堵山”。可总跟山治气，人们也觉得过意不去，后来，就改为了竹山。

李老师邀请我们来，就是参观根据这个传说建成的“堵山”。顺着李老师的指引循山路而上，但见半山腰处有个洞口，洞口被一盘石磨砌成的硕大铜钱堵住，铜钱正中间，清冽的泉水正汩汩流淌。

李老师说，这是水景最核心的位置，也是传说中的三泉谷。据说还是泸河的发源地，苏轼畅游竹山时，有诗赞曰：

皎皎岩下泉，无人还自洁。

不用比三星，清光同一月。

竹山传说虽不尽美好，但竹山的风景就在那里。竹山的山好，水好，空气好，是一座来了就不想走的山。

刘淑刚先生对这两个传说都不满意。他说以前竹山太穷了，人们向往富足的生活，才生出这些传说。他要改变竹山的旧面貌，使人们提到竹山时，不再是贫穷落后的代名词。他是这么说的，也是这么做的，他在开发竹山旅游业的同时，带领当地农民利用竹山的有利条件，栽种中草药，开发农副产品，短短几年，村民的日子眼见地一天比一天好起来，富裕起来。

看着村民的日子越来越富足，刘总的心思转移到如何打造好品牌和加深文化内涵上，企业发展进入良性循环，文化支撑是不可或缺的。是坚持竹山无竹还是打破这个传说，在竹山上遍植翠竹，也是经过几番考量的。固然，坚持竹山无竹，忠实于事实，一座因竹命名的山，却没有竹子，既保持了它的神秘性，在资金投入上也小。但一座因竹命名的山，却没有竹子，名不副实，应该给竹山赋予新的内涵，最终让他下定决心在竹山上种竹子，还是因了另一个传说。

很久以前，竹龙、竹虎、竹杰兄弟仨是竹山最早的居民。那时，山上鸟语花香，竹林成片，三兄弟在山上安居乐业。山下不远处，有个叫昌城的村庄，有年发洪水，整个村庄都淹没了，人们流离失所。三兄弟看到后，发动村民到山上砍伐竹子，将砍伐来的竹子顺河流运走，供人们建造房屋，重建家园。

后来，这事在昌城一带传为佳话。村民们发现用竹子建造的房屋冬暖夏凉，经久不坏，非常感激竹氏三兄弟。这件事被附近一个恶霸知道了，他生气自己还没住过竹子建的房子，老百姓竟然先住上了，他恨得牙根都痒痒，发誓带人要把竹山上的竹子全部砍掉。

三兄弟为了保护竹子，与恶霸展开了激烈的斗争，后来终因寡不敌众跌落山崖，随着三兄弟坠崖，漫山遍野的竹子也跟着一起向山涧滚去。自此，竹山上再也没有一棵竹子。人们说，心存善良的人，在风清月明的夜晚，会看到青翠如玉的竹子，遍布竹山的每一个角落。

“这才是竹山真正的样子！”听了这个传说，刘总兴奋地说。

为了竹氏三兄弟的这种大爱，也要在山上植满竹子。更何况在植满竹子的山中，每到月朗星稀的夜晚，推窗而望，明月如霜，竹影婆娑，若有三五知己共赏，或品茶，或饮酒，岂不快哉！

犹记有年春末，与文友在酒店小聚，席间出来逃酒，见墙边灯影摇曳、翠竹疏朗，新刷的白墙竹影斑驳，好一幅现成的水墨画，不由引得我诗兴大发，沉吟片刻一首七律一蹴而就：

夏夜偶遇

一丛新绿伴高墙，细雨轻烟照影长。

酒罢茶凉闲落子，氤氲暮色玉生香。

写完发到朋友圈，一时之间，点赞的、起哄的、和诗的纷至沓来，此事，也算得一件人间雅事。

以植被茂盛著称、以竹为名的竹山，岂可无竹？更何况历代文人墨客已为竹子赋予了谦虚、气节、刚直不阿、坚持自我的君子气质，竹子还是高雅、纯洁、虚心、有气节的精神文化象征。

刘总说，竹山有竹，才名副其实。于是有了“黄荆大道”南侧的大片竹林，有了黑土夼村之南的竹林，有了小木屋旁的竹墙，有了集装箱路边的竹路。

竹子，在竹山已处处可见，竹山无竹的景象已成为过去。

相关知识：

竹子品种繁多，有箭竹、水竹、斑竹、刺竹、文竹、泰竹、圣音竹、撑绿竹、龟甲竹、青皮竹、茶秆竹等。多年生禾本科竹亚科植物，茎为木质，是禾本科的一个分支。在热带、亚热带地区，东亚、东南亚和印度洋及太平洋岛屿上分布最集中，种类很多，有的低矮似草，有的高如大树，生长迅速。

竹子通常通过地下匍匐的根茎成片生长，也可以通过开花结籽繁衍，种子被称为竹米。有些种类的竹笋可以食用。竹与梅、兰、菊并称为“四君子”，与梅、松并称为“岁寒三友”，古今文人墨客，爱竹咏竹者众多。

未完之书

《远飞的翅膀》出版后，有很多读者尤其是在校学生联系到我，说他们读了这本书后，认识到鸟儿在整个生态环境中的重要性，通过这本书还知道了鸟儿的一些常识性的知识，从而更加认识到生态环境对人类的影响。除去这些话，说得最多的，是建议我再写一本有关植物，或者动物的书。

听到这些话后，我很欣慰。这说明作品已经得到读者的肯定。每个作者对自己的作品，就像对待孩子一样，希望能得到大家的认可。这是我欣慰的地方，可我感到更多的是压力，因为同一个题材，反复创作，哪有什么没有灵感可言。《远飞的翅膀》在后期创作时，已经感到非常吃力，如果再开始新一轮创作，我能不能继续保持创作的热情？这是我迟迟没有动笔的原因。

在我犹疑期间，府前街小学的徐洁校长，几次三番跟我聊起这件事。她说，文学创作她不懂，但在孩子的启蒙教育上，有一定的发言权。多年的从教经验告诉她，对于孩子的引导，越早越深刻越好。毋庸置疑，《远飞的翅膀》是一本好书，孩子读了之后，也非常受益。尤其看到书中插图之后，指着图兴奋地说，这是什么鸟，那是什么鸟，哪种他们认识，哪种不认识，看到濒临灭绝的物种时，还无奈地叹口气说，怎么会这样呢？难道没有办法可以挽救吗？并表示以后再也不伤害任何生物。

徐校长多次强调，反响这么好为什么不再接再厉呢？如果没有后续，在文学读物更新换代这么快的年代，很快会被淹没的，这种结果不管对孩子还是对社会，都是很大的损失。为了说服我，她还专门买了一本《寂静的春天》送给我。她说，你好好读读这本书，或许对你有帮助。

《寂静的春天》是 1962 年美国作家蕾切尔·卡逊创作的科普读物。作者以生动严肃的笔触，描写因使用化学药品对生物界造成的严重后果，这本书的出版，在世界范围内引起极大反响。是她撕开了农药的面纱，将它在生物中造成的灾难公布于众，引发了公众对环境问题的关注，将环境保护问题摆到了各国政府面前。各种环境保护组织纷纷成立，从而促使联合国于 1972 年 6 月 12 日在斯德哥尔摩召开了“人类环境大会”，并由各国签署了《人类环境宣言》，开始了环境保护事业。

读过这本书之后，掩卷而思，我很明确地知道，《远飞的翅膀》不可能有《寂静的春天》那么大的影响力，但正如徐校长说的那样，持之以恒地做一件事，总会有效果的。

由此，我下定决心，再次利用手中的笔，书写一朵花的怒放，书写一棵树的成长。一如护士节写给女儿的诗一样：我如椽的笔，只写世间美好。以期人们在认识美好的同时，提高保护爱护它们的意识，这，就足够了。

下定决心之后，我开始规划创作思路。既然《远飞的翅膀》已经得到读者们认可，就仍然沿用以前的思路，以图文并茂的形式，集科普性和文学性于一体进行创作。经过多方考察，决定将竹山作为地理坐标，以此为创作的重点。竹山的植物种类繁多，在华北地区有一定的代表性，更重要的一点，竹山无论在种植还是管理上，都最大限度地保持了植物生长的原生态，无论化肥还是农药，在这里根本见不到踪影。

确定目标之后，正是新一年的开始。从 2021 年春天的第一场春雪开始，我开启了新一轮的创作。在创作过程中，竹山旅游开发公司的人从上到下都给予我很大的支持，董事长刘淑刚更是对公司的员工特别嘱咐，说无论唐老师什么时候到竹山，都要提供最大的便利，提供最好的创作条件。由此，我才有机会踏遍竹山的每一个角落，才有了对竹山深刻的了解，才能更好地见证每一株植物的生长。

如果没有多次实地考察，就不会有如此详细的了解。在成书过程中，从选题、拍摄、书写直到结稿，历时整整一年的时间，正好见证了一个四季的轮回，见证了植物从荣到枯的过程。

在书中，我仅描写了寥寥几十种植物，可生长在竹山的植物多达上千种，据说国家一级保护植物之一的珙桐也生长在其中。只是我虽然多次造访竹山，却无缘见识它的庐山真面目，实为憾事一件。

植物在生长过程中，貌似坚强茂盛，其实它们是非常脆弱的，自然界中的每一场风、每一场雨，于它们来说，都可能是一次致命的打击，我们唯有保护好身边的环境，维护生态平衡，才能给予它们更好的生存条件，才能让我们的天空更加蔚蓝，森林永远茂盛，河水永远明净。

书虽已完稿，我们对生态环境的保护不息，对自然的探索永远不止。谨以此文，致敬战斗在一线的森林卫士们！

唐合萍

2021 年冬日